Eine reizende Diebin ist ein fiktives Werk. Namen, Charaktere, Orte und Geschehnisse wurden erfunden. Jegliche Ähnlichkeit mit wirklichen Orten, Ereignissen, oder Personen, lebend oder verstorben, sind zufällig.

Copyright © 2012 - 2023 Tina Folsom

Alle Rechte vorbehalten.

Große Druckausgabe

Die Amerikanische Originalausgabe erschien 2010 unter dem Titel *Steal Me*.

Cover design: Tina Folsom

Autorenfoto: ©Marti Corn Photography

Bücher von Tina Folsom

Samsons Sterbliche Geliebte (Scanguards Vampire – Buch 1)

Amaurys Hitzköpfige Rebellin (Scanguards Vampire – Buch 2)

Gabriels Gefährtin (Scanguards Vampire – Buch 3)

Yvettes Verzauberung (Scanguards Vampire – Buch 4)

Zanes Erlösung (Scanguards Vampire – Buch 5)

Quinns Unendliche Liebe (Scanguards Vampire – Buch 6)

Olivers Versuchung (Scanguards Vampire – Buch 7)

Thomas' Entscheidung (Scanguards Vampire – Buch 8)

Ewiger Biss (Scanguards Vampire – Buch 8 1/2)

Cains Geheimnis (Scanguards Vampire – Buch 9)

Luthers Rückkehr (Scanguards Vampire – Buch 10)

Brennender Wunsch (Eine Scanguards Hochzeit)

Blakes Versprechen (Scanguards Vampire – Buch 11)

Schicksalhafter Bund (Scanguards Vampire – Buch 11 1/2)

Johns Sehnsucht (Scanguards Vampire – Buch 12)

Ryders Rhapsodie (Scanguards Vampire – Buch 13)

Damians Eroberung (Scanguards Vampire – Buch 14)

Graysons Herausforderung (Scanguards Vampire – Buch 15)

Geliebter Unsichtbarer (Hüter der Nacht – Buch 1)

Entfesselter Bodyguard (Hüter der Nacht – Buch 2)

Vertrauter Hexer (Hüter der Nacht – Buch 3)

Verbotener Beschützer (Hüter der Nacht – Buch 4)

Verlockender Unsterblicher (Hüter der Nacht – Buch 5)

Übersinnlicher Retter (Hüter der Nacht – Buch 6)

Unwiderstehlicher Dämon (Hüter der Nacht – Buch 7)

Ace – Auf der Flucht (Codename Stargate – Band 1)

Fox – Unter Feinden (Codename Stargate – Band 2)

Yankee – Untergetaucht (Codename Stargate – Band 3)

Tiger – Auf der Lauer (Codename Stargate – Band 4)

Ein Grieche für alle Fälle (Jenseits des Olymps – Buch 1)

Ein Grieche zum Heiraten (Jenseits des Olymps – Buch 2)

Ein Grieche im 7. Himmel (Jenseits des Olymps – Buch 3

Ein Grieche für immer (Jenseits des Olymps - Buch 4)

Der Clan der Vampire (Venedig 1 – 5)

Begleiterin für eine Nacht (Der Club der Ewigen Junggesellen – Buch 1)

Begleiterin für tausend Nächte (Der Club der Ewigen Junggesellen – Buch 2)

Begleiterin für alle Zeit (Der Club der Ewigen Junggesellen – Buch 3)

Eine unvergessliche Nacht (Der Club der Ewigen Junggesellen – Buch 4)

Eine langsame Verführung (Der Club der Ewigen Junggesellen – Buch 5)

Eine hemmungslose Berührung (Der Club der Ewigen Junggesellen – Buch 6)

Eine reizende Diebin

Tina Folsom

1

Die Auktion war fast vorüber, und Marcus Moncrieff hatte genau das erworben, wozu er zu Christie's gekommen war.

Zum ersten Mal seit Wochen war er zufrieden. Das unbezahlbare Kunstwerk war ein Armband, das einmal einer der Vestalinnen Roms gehört hatte. Es würde morgen unter massivsten Sicherheitsvorkehrungen in sein Haus geliefert werden.

Unbezahlbar? Nicht ganz. Er hatte für das Stück einen hohen Preis bezahlt, da er gegen einen anderen begeisterten Sammler von römischer Kunst hatte bieten müssen.

Von dem goldenen Armband wurde gesagt, dass es besondere Fähigkeiten besaß. Allerdings glaubte Marcus nicht an Legenden oder Magie. Er war jedoch von allem, was mit römischer Kunst zu tun hatte, fasziniert. Und wenn es sich um einen Gegenstand handelte, der mit den Vestalinnen, den Hüterinnen des Feuers von Vesta, zu tun hatte, dann umso mehr. Kein Geld der Welt war zu viel, um seine wachsende Sammlung zu ergänzen.

„Meine Güte, Marcus, kauf doch nicht gleich den ganzen Laden!"

Beim Klang einer vertrauten Stimme hinter sich wandte er sich um und starrte seinen alten Freund an. Thomas Fairfax streckte seine Hand aus und drückte die von Marcus heftig.

Marcus gab ein erstauntes Lachen von sich. „Das ist ja eine Überraschung."

Er hatte Thomas nicht gesehen, seit dieser vor zwei Wochen nach Peru abgereist war; er hatte ihn nicht so schnell zurück erwartet.

„Wann bist du denn nach London zurückgekommen?", fragte Marcus.

Sie gingen in Richtung Ausgang, wo ihre Unterhaltung die Kunstliebhaber nicht stören würde, die in der vollen Auktionshalle noch Gebote für die drei restlichen Kunstgegenstände abgaben.

„Bin gestern Nacht in Heathrow gelandet. Ich kann nicht sagen, dass ich den Flug genossen habe. Erste Klasse war ausgebucht, also musste ich mich mit Business Class zufriedengeben. Schrecklich", klagte Thomas.

Verwöhnter Oberschichtler!

Marcus grinste und ließ seinen Blick an seinem Freund vorbeischweifen. Bevor er einen Kommentar abgeben konnte, fing sein Bewusstsein etwas auf.

Oder besser gesagt: jemanden.

Eine Frau.

Sie stand neben der Wand, ihr Oberkörper nach unten gebeugt. Mit ihren eleganten Händen glättete sie ihre Strumpfhose, während sie deren schwarze Naht gerade zog, sodass sie mittig auf ihrem Unterschenkel auflag. Zentimeter um Zentimeter arbeitete sie an dem Kleidungsstück, bis sie den Rand ihres schwarzen Rockes erreichte.

Ihr Gesicht wurde von langem Haar verborgen, das die Farbe der Raben des Towers von London hatte.

Marcus' Augen brannten, als er sie beobachtete. Er fragte sich, wie sich ihre wohlgeformten Beine anfühlen würden, wenn sie sie um seine Hüften schlingen würde. Seine Hoden zogen sich unfreiwillig zusammen, als er ihrer nächsten Bewegung folgte. Sie hob ihren Rock um ein paar Zentimeter, um die Naht ihrer Strumpfhose zurechtzurücken, und sofort bat sein Gehirn um eine Korrektur: Sie trug keine Strumpfhose. Sie trug Strümpfe!

Seidenstrümpfe mit Spitzentops, die durch ein schwarzes Strumpfband hochgehalten wurden.

Verdammt noch mal!

Sein Atem entwich ihm wie einem Ballon, als erhitztes Blut in seinen Schaft schoss. Plötzlich fühlte sich seine Hose zu eng an. Nicht, dass er das Gefühl nicht mochte.

„Stimmt was nicht?", fragte sein Freund und wandte seinen Kopf, um Marcus' Blick zu folgen.

Als hätte die Frau bemerkt, dass er und sein Freund sie anstarrten, richtete sie sich auf und drehte ihren Kopf, was schließlich ihr Gesicht enthüllte.

Exquisit, genauso wie Marcus vermutet hatte.

Aber wenn er gedacht hätte, dass es ihr peinlich wäre, bei einer solch intimen Tat ertappt zu werden, dann hatte er sich getäuscht.

Statt wegzuschauen, hielt sie seinem Blick stand und ignorierte Thomas, als ob dieser gar nicht existierte, eine Tatsache, die ihn sehr freute.

Ihre Augen waren so dunkel wie Schokolade. Würde sich ihre Haut so weich anfühlen, wie sie aus der Ferne aussah? Würden ihre roten Lippen so süß wie Erdbeermarmelade schmecken?

Ihr sinnlicher Mund öffnete sich nur einen kleinen Spalt, aber es war Versuchung genug für jeden Mann mit einem Puls und noch mehr für einen mit einer Erektion.

In Zeitlupe strich sie ihren Rock über ihre Hüften und brach dann den Blickkontakt ab.

Als Marcus spürte, wie Thomas sich neben ihm bewegte, stoppte er seinen Freund, indem er ihm eine Hand auf den Unterarm legte.

„Kommt ja gar nicht in Frage", murmelte Marcus und warf Thomas einen scheltenden Blick zu.

„Konkurrenz hat noch nie geschadet", konterte Thomas und grinste unverschämt.

Plötzlich war die Rückkehr seines alten Freundes kein so erfreuliches Ereignis mehr wie noch vor wenigen Minuten. Vielleicht wäre es besser, wenn Thomas einfach in den nächsten Flieger nach Timbuktu springen würde, und Marcus scherte es nicht einmal, wenn er Touristenklasse fliegen müsste. Er brauchte im Moment keinerlei Einmischung eines Frauenhelden wie Thomas.

„Musst du nicht noch auspacken?"

Sein Freund grinste schamlos. „Das hat keine Eile."

„Behalte deine Pfoten bei dir. Sie gehört mir", behauptete Marcus und wandte sich wieder der mysteriösen Frau zu.

Aber sie war weg.

Verdammt!

Marcus ließ Thomas ohne ein weiteres Wort stehen und eilte aus der Halle und in den fast menschenleeren Flur des Auktionshauses. Das Geräusch seiner Schritte wurde von den luxuriösen Teppichen unter seinen Füßen absorbiert, als er versuchte sie zu finden.

Es war schon eine beträchtliche Weile her, seit er einer Frau begegnet war, die ihn wirklich erregte. Und diese Frau erregte ihn. Ob es ihre seelenvollen Augen waren oder ihre anmutige Figur oder ihre verführerischen Bewegungen, das wusste er nicht. Bestimmt waren es viele Dinge. Aber was ihn auf jeden Fall dazu gebracht hatte, ihr nachzugehen, war die Verlockung ihrer Lippen, die Art, wie sie sich geteilt hatten, als sie ihn direkt und ohne Verlegenheit provozierend angesehen hatte.

Bei dem Gedanken, was diese Lippen ihm

antun könnten, spürte er sein Glied zucken. Er beschleunigte seine Schritte und erreichte die Tür zum Ausgang Sekunden später. Als er nach draußen in die Nacht spähte, sah er nichts. Leichter Verkehr, wartende Limousinen, ein paar Fußgänger, aber die mysteriöse Frau war verschwunden.

Ein Chauffeur, der lässig an der Motorhaube seines Autos lehnte, richtete sich auf, als Marcus sich ihm näherte.

„Haben Sie in den letzten paar Minuten eine Frau hier rauskommen sehen? Dunkle Haare, zierlich, schwarzer Rock."

Der Mann schüttelte den Kopf. „Die Versteigerung ist noch im Gange. Niemand hat in den letzten paar Minuten das Gebäude verlassen."

Marcus drehte sich um und ging wieder hinein, während er einen Fluch vor sich hin murmelte, als er die Eingangshalle erreichte.

„Suchen Sie jemanden?", erklang eine weibliche Stimme.

Er drehte sich hastig nach links um und entdeckte sie in einer Nische in der Nähe des Haupteingangs. Ihr Gesicht war im Schatten verborgen, aber er erkannte sie an ihren Beinen und ihrem Rock.

Hatte sie auf ihn gewartet?

Es gab nur einen Weg, das herauszufinden.

Mit ein paar Schritten überbrückte er den Abstand zwischen ihnen und blieb nur wenige Zentimeter von ihr entfernt stehen. Zu nah für einen Fremden, aber sie wich nicht zurück. Sie konnte es nicht, denn ihr Rücken berührte schon die Wand.

Er neigte seinen Kopf zu ihr. „Ich habe gerade gefunden, was ich gesucht habe", hauchte er ihr ins Ohr.

„Und jetzt?", fragte sie und suchte seine Augen. Sie lehnte ihren Kopf zurück, bot ihren anmutigen Hals an, als wolle sie sich ihm opfern.

Kühn. Das gefiel ihm an einer Frau.

Ihre Lippen reizten ihn, sie zu küssen.

„Ein Kuss."

Zu seiner Überraschung schüttelte sie den Kopf.

Warum sonst hatte sie ihren Standort verraten? Sie hatte doch sicher seinen hungrigen Blick in der Auktionshalle gesehen.

„Morgen Abend", versprach sie, ihre Stimme ein seidiges Rinnsal, das ihm den Atem raubte.

Sein Herz setzte einen Schlag aus. Zumindest wies sie ihn nicht komplett ab. Er konnte doch 24 Stunden warten, oder nicht? Sein pulsierender Schaft verneinte dies deutlich, aber sein Gehirn überstimmte seine niederen Bedürfnisse.

„Morgen Abend?"

Sie nickte und fuhr mit ihrem Zeigefinger über seine Unterlippe. Die Berührung überraschte und erregte ihn gleichzeitig. Ohne den Blick von ihr zu wenden, ließ er seine Zunge herausschnellen und leckte ihren Finger. Ihre Augenlider senkten sich, als sie ihren Atem anhielt. Ermutigt durch ihre Reaktion, zog er ihren Finger in seinen Mund und saugte daran.

Ihre Haut war lecker, schmeckte nach Zitrusfrüchten und Vanilleblüten. Er sah, wie sich ihr Brustkorb hob, als sie einen Atemzug nahm und ihre Lunge füllte.

Er streckte die Hand aus und berührte ihre seidige Bluse, streichelte sanft über ihre Brust. Das Fehlen eines BHs überraschte ihn und ließ ihn unfreiwillig aufstöhnen. Wenn er so weitermachte, würde er hier in seiner Hose kommen.

Sie zog ihren Finger aus seinem Mund. „Acht Uhr bei Claridge's. Sie können mich zuerst zum Abendessen einladen und danach …"

Sie ließ den Satz in der Luft hängen, was ein Kribbeln der Vorfreude durch seine Leistengegend sandte.

Er kannte das Restaurant in Mayfair. In der Tat war er dort Stammgast. Und es war nicht weit weg von seinem Haus. Praktisch. Zehn Minuten nach dem Ende des Abendessens würde sie in sein Bett fallen.

„Ich kann Sie abholen."

Sie schüttelte den Kopf. „Ich treffe Sie dort."

„Ich bin Marcus M–"

„Ich weiß, wer Sie sind", unterbrach sie.

Es überraschte ihn nicht. Sein Gesicht war in ganz London und darüber hinaus bekannt.

Für den Bruchteil einer Sekunde fragte er sich, ob das der Grund war, warum sie an ihm interessiert war. Was wäre wenn? Er entschied, dass es keine Rolle spielte. Das machte es sogar noch leichter, sie ins Bett zu bekommen.

Sie schwebte an ihm vorbei. Ihre BH-lose Brust streifte seinen Arm und sandte einen weiteren Blitz durch seinen Körper, als sie in Richtung Ausgang ging.

„Warten Sie. Wie heißen Sie?"

Sie drehte sich kurz um. „Olivia."

Dann war sie weg. Ihre Berührung und ihr Duft verweilten; der natürliche Duft ihrer Haut imprägnierte die Atmosphäre um ihn herum mit Begierde und Versprechen.

2

Olivia Hall zog ihre schwarzen Stiefel an und stopfte die Enden ihrer engen Hose hinein. Es war viel bequemer, eine Hose zu tragen als den Rock, den sie in der Nacht zuvor angehabt hatte.

Sie hasste Röcke. Sie schränkten ihre Bewegungsfreiheit ein und waren unpraktisch im Falle, dass sie flüchten musste. Genauso wenig mochte sie die Stilettos, die sie im Auktionshaus getragen hatte.

Aber sie wusste, dass Männer auf Stöckelschuhe standen. Besonders, wenn sie sich am Ende von in schwarze Strümpfe gekleideten Beinen befanden. So vorhersehbar. Wirklich.

Lustig, wie doch Männer immer auf die gleiche Weise reagierten. Fast langweilig. Sie hatte noch nie ein Opfer getroffen, das ihr nicht hinterhergelaufen war, als sie ihre Strümpfe zurechtgerückt hatte. Vielleicht sollte sie sich beim nächsten Mal etwas anderes einfallen lassen, sonst könnten die Dinge auf Dauer langweilig werden. Auf der anderen Seite, warum sollte sie etwas Neues einführen, wenn der alte Trick noch immer ausgezeichnet funktionierte?

Dieser Mann war da nicht anders. Marcus Moncrieff, der reiche Kunstsammler und Unternehmer. Olivia hatte ihn während der gesamten Auktion beobachtet. Sie hatte Erkundigungen über ihn eingezogen. Und sie war dafür bekannt, gründlich zu sein. Noch bevor die Versteigerung angefangen hatte, wusste sie schon, auf was er es abgesehen hatte. Deshalb war sie auch gekommen.

Irgendwann hatte Olivia gedacht, dass der ältere Herr, der gegen ihn bot, das Armband ersteigern würde, aber Marcus hatte sie nicht enttäuscht. Er hatte den Mann jedes Mal überboten, und es war klar, dass er nicht aufgeben würde, bis das Vestalin Armband ihm gehörte.

Das gefiel ihr. Ein Mann, der wusste, was er wollte. Sie hatte das sofort gesehen, als sie über ihn nachgeforscht hatte. Und genau das hatte er getan: Marcus hatte das Kunstobjekt gekauft. Als die Versteigerung des Kunstgegenstandes zum Ende gekommen war, hatte sie mit ihrem Trick begonnen.

Als er mit seinem Freund in Richtung Ausgang ging, war es nur eine Sache von ein paar Minuten, bis er sie bemerkte. Sie hatte praktisch gespürt, wie seine hungrigen Augen ihren ganzen Körper förmlich auffraßen, als sie ihre Strümpfe, die natürlich nicht zurechtgerückt werden mussten, bearbeitete.

In dem Moment als seine Augen ihren begegneten, hatte sie ein unbekanntes Gefühl erfüllt, das sie jedoch der Vorfreude zuschrieb. Sein dunkles Haar war ein wenig struppig und wellte sich bestimmt unter dem heißen Dampf der Dusche. In seinen moosgrünen Augen entdeckte sie versteckte

Tiefe. In seinem eleganten Anzug konnte er weder seine sportliche Figur verbergen noch seine breiten Schultern oder seine muskulöse Brust.

Doch trotz seiner eleganten Kleidung hatte er etwas Wildes an sich. Im Gegensatz zu seinem blaublütigen Freund war er *selfmade*. Ohne Zweifel war Marcus attraktiv. Mehr als das. Sex-Appeal sickerte nur so aus ihm heraus. Sie war schon seit langem keinem Mann mehr begegnet, der so potent aussah. Fast so, als ob er eine verbotene Frucht aus dem Garten Eden war.

Nicht dass Olivia die Absicht hatte, davon zu kosten. Das machte sie nie, wenn es ums Geschäft ging. Es war zu riskant. Das Einzige, was sie sich erlaubt hatte, war, seine Lippen zu berühren. Die Empfindung hatte sie fast überwältigt, besonders als er ihren Finger in seinen Mund gezogen hatte. Seine Zunge hatte mit ihr auf eine höchst verführerische Weise gespielt.

Gekoppelt mit der Hand, die leicht über ihre Brust gestrichen hatte, hätte sie nahezu ihre Vorgehensweise vergessen, ihren Modus

Operandi: niemals Arbeit mit Vergnügen zu mischen. Da hatte sie fast bedauert, dass er derjenige war, der das Artefakt ersteigert hatte. Wäre er es nicht gewesen, hätte sie vielleicht eine Nacht mit ihm verbracht, um den Hunger zu stillen, den sie in seinen Augen sah. Ein Spiegelbild ihrer eigenen, vermutete sie.

Aber so war es nun mal: Er hatte das Artefakt ersteigert, das gleiche, für das sie zum Diebstahl engagiert worden war. Und sie würde diesen Job heute Abend ausführen, während er im Restaurant auf sie wartete. Auf ein Date, zu dem sie nie erscheinen würde.

Auf einen Kuss, den sie ihm nie geben würde.

Seine Londoner Residenz war ein zweistöckiges Haus in einer ruhigen Straße von Mayfair. Als sie es erreichte, war die Stadt bereits in Dunkelheit gehüllt, und nur wenige Fußgänger waren in der Wohngegend im Zentrum von London unterwegs.

Trotz des Sicherheitssystems hatte Olivia kein Problem einzubrechen. Guter alter Papa: Sie hatte vom Besten gelernt. Das Öffnen eines Schlosses war etwas, das sie im Alter von zwölf gemeistert hatte, und das Deaktivieren eines Sicherheitssystems war fünf Jahre später gefolgt.

Eine ihrer Spezialitäten war das Öffnen von Safes. Sie war altmodisch. Jeder konnte einen Safe mit Sprengstoff öffnen, aber das Schloss zum Öffnen zu necken, wie man einem Liebhaber schmeichelte? Nun, das war Finesse.

Im zarten Alter von achtzehn war sie ein Profi. Jetzt, mit 29, stand sie kurz vor der Pensionierung.

Olivia hatte sogar noch vier Jahre an der Universität dazwischengeschoben, um einen Abschluss in Kunstgeschichte abzulegen. Etwas, das sich bei den Verhandlungen über das Honorar mit den verschiedenen Kunst-Enthusiasten, die ihre Dienstleistungen in Anspruch nahmen, als sehr nützlich erwies.

Ihre Entscheidung, eine Kunstdiebin zu werden, hatte sie ganz unbewusst getroffen. Sie war einfach in die Fußstapfen ihres Vaters getreten und in das Familienunternehmen eingestiegen. Genau wie ihre

Schulfreundinnen den Unternehmen ihrer Familien beigetreten waren und jetzt Steuerbüros oder Bekleidungsgeschäfte führten.

Sie war gut, sie war effizient, und sie war ein Profi. Ihr wirkliches Leben und das ganze Vergnügen würden beginnen, sobald sie sich im Ruhestand befand. In der Zwischenzeit störte sie ihr spärliches Sexualleben nicht, zumindest nicht viel. Wozu gab es Vibratoren? Wenigstens fragten die nicht, was sie vorhatte, wenn sie mitten in der Nacht ganz in Schwarz gekleidet mit einem kleinen Rucksack voll Werkzeug das Haus verließ.

Olivias Augen passten sich schnell an die Dunkelheit im Haus an. Sie wusste, sie war allein. Ein Blick auf die Uhr bestätigte ihr, dass Marcus gerade im Restaurant eintreffen würde. Er würde auf sie warten. Alle Männer taten das. Mindestens dreißig Minuten, aber wahrscheinlich länger. Wenn er wieder zuhause war, würde sie schon verschwunden sein und mit ihr das Vestalin Armband.

3

Marcus verfluchte den Fahrer des schwarzen Taxis, das ihn fast überfuhr, als es um die Ecke der engen Gasse bog. Er verlor den Halt auf dem rutschigen Bürgersteig und fiel gegen einen Haufen alter Haushaltsgegenstände, die jemand für die Sperrmüllsammlung hinterlassen hatte.

    Super, jetzt waren seine makellosen Klamotten schmutzig. Als er sich von seiner unwürdigen Lage auf dem Bürgersteig befreite, hörte er einen Laut, der verdächtig nach einem Riss in einem Stück Stoff klang. Er drehte den Kopf in dessen Richtung.

„Verdammte Scheiße!"

Das war genau das, was er jetzt brauchte. Nur zehn Minuten Zeit, bis er sein heißes Date traf, und jetzt war seine Hose entlang des Oberschenkels gerissen. Ein Draht, der aus einer alten Matratze hervorragte, war der Übeltäter.

Und was jetzt?

So wie er aussah, konnte er auf keinen Fall bei Claridge's auftauchen, zumal die schöne Olivia dort auf ihn wartete. Es wäre zu peinlich. Wenn er sich beeilte, konnte er es nach Hause schaffen, sich innerhalb von ein oder zwei Minuten umziehen und mit nur fünfzehn Minuten Verspätung im Restaurant ankommen.

Marcus zog sein Handy aus der Tasche und wählte die Nummer des Restaurants, während er durch die engen Gassen von Mayfair eilte.

„George, Moncrieff hier."

„Guten Abend, Mr. Moncrieff."

„Ich habe um acht eine Reservierung. Aber ich bin etwas spät dran. Würden Sie so freundlich sein, der jungen Dame, die ich erwarte, mitzuteilen, dass ich eine Viertelstunde verspätet ankomme?"

„Natürlich, Sir!"

„Und bitte servieren Sie ihr den besten Champagner."

„Sehr wohl, Sir."

„Danke!"

Erleichtert legte er auf.

Minuten später betrat er sein Haus und lief die Treppe in Richtung Schlafzimmer hinauf. Plötzlich stoppte er im oberen Flur.

Irgendetwas war anders. Irgendetwas fehlte. Es war zu still. Er erkannte sofort, dass das vertraute Piepsen, das ihn immer ans Ausschalten der Alarmanlage erinnerte, fehlte. Hatte er vergessen, den Alarm einzuschalten, bevor er das Haus verlassen hatte? Unmöglich. Er war viel zu gewissenhaft, wenn es um das Sicherheitssystem ging.

Als er dort stand und sich noch immer wunderte, bemerkte er ein schwaches Licht, das unter der Tür seines Büros in den Flur schien. Hatte er vergessen, die Lampe auf seinem Schreibtisch auszuschalten? Er war kein vergesslicher Typ.

Dann bewegte sich plötzlich der Lichtstrahl.

Jemand war in seinem Büro!

Ein Einbrecher!

In seinem Büro bewahrte er seine kostbaren Kunstgegenstände auf, darunter war auch das Armband, das er am Tag zuvor ersteigert hatte. Er ließ gerade eine Vitrine dafür bauen, und in der Zwischenzeit ruhte es in seinem Tresor.

Marcus ging in die Hocke, um durchs Schlüsselloch zu spähen. Ein Stuhl blockierte teilweise seine Sicht, aber er konnte deutlich eine Gestalt ausmachen, die vor seinem Safe kniete. Hände mit OP-Handschuhen bekleidet drehten das Zifferblatt, und es sah so aus, als ob die Person ein Stethoskop an die Tür des Tresors hielt, um nach dem Innenleben des Schlosses zu lauschen.

Er zog seine Schuhe aus und schlich, so leise er konnte, ins Schlafzimmer und öffnete die oberste Schublade seines Nachttisches.

Die 9mm Pistole, die er herausholte, fühlte sich kühl in seiner Hand an. Er war kein besonders guter Schütze, tatsächlich hatte er nur ein- oder zweimal mit der Waffe geschossen, als er sie gekauft hatte. Sie war nicht einmal geladen, aber sie würde als Abschreckung genügen. Die Munition war in einem Schrank in seinem Büro eingeschlossen, und daher konnte er sie nicht holen.

Nach ein paar tiefen Atemzügen drehte er den Türknauf zum Büro und drückte die Tür auf, während er seine Pistole auf den Eindringling richtete, der sofort auf seine Füße sprang.

Korrektur: auf *ihre* Füße!

Offensichtlich hatte sie nicht geplant, ihn im Restaurant zu treffen. Die kleine Verführerin hatte ihn einfach nur aus dem Weg haben wollen.

Gekleidet in einer figurbetonenden schwarzen Hose, einem engen schwarzen Rollkragenpullover und Stiefeln der selben Farbe, war es zweifelhaft, dass der Maitre d' von Claridge's sie in den eleganten

Speisesaal gelassen hätte. Sie waren ja ein bisschen altmodisch was Kleidung anbetraf.

„Olivia", begrüßte er sie. „Was für eine Überraschung."

Es war die Untertreibung des Jahrhunderts.

Ihre Augen suchten nach einem Fluchtweg, aber es gab keinen. Das Fenster hinter ihr hatte Eisenstangen auf der Außenseite, und Marcus blockierte die einzige Tür, den Revolver immer noch auf sie gerichtet.

„Wonach bist du denn auf der Suche, da es ja offensichtlich nicht meine charmante Gesellschaft ist?", fragte Marcus beiläufig.

Ihre Augen flogen über seinen Körper und ruhten kurz auf seiner zerrissenen Hose. Er folgte ihrem Blick.

„Glücklicher Zufall, sonst würde ich jetzt im Restaurant sitzen und vergebens auf dich warten."

Olivia antwortete endlich. „Glücklicher Zufall für dich vielleicht."

Sie wusste, sie war ertappt, aber sie

wusste nicht, was er nun tun würde. Genauso wenig wie er.

Sollte er die Polizei rufen? Sie verhaften lassen? Klar, sie war ein Einbrecher. Ein schlauer noch dazu. Sie sollte bestraft werden.

Marcus ließ seinen Blick über ihren Körper schweifen. Er wusste bereits, dass sie erstaunliche Beine hatte. Sie hatte sie letzte Nacht absichtlich zur Schau gestellt, das war jetzt klar. Die enganliegende Kleidung, die sie trug, akzentuierte ihre Kurven nur noch mehr.

Er würde einhundert Pfund wetten, dass sie keinen BH unter diesem knappen Pullover trug.

„Schon mal im Gefängnis gewesen?"

Er bemerkte, wie ein schneller Blitz von Angst in ihren Augen aufblinkte.

„Ich bin noch nie erwischt worden." Ihre Stimme war seidig und ebenso verlockend wie er sie in der Nacht zuvor gefunden hatte.

„Es gibt immer ein erstes Mal. Ich habe auch noch nie eine Diebin erwischt. Schon gar nicht eine so heiße."

Langsam stieg Farbe in ihre Wangen. Gut.

Er mochte ihre Reaktion. Zumindest ließ er sie nicht kalt.

„Also hast du mich eben erwischt. Was jetzt?"

Marcus lächelte. Olivia versuchte, die Offensive zu ergreifen.

„Ich fürchte, du wirst jetzt die Konsequenzen zu spüren bekommen."

Auf jeden Fall musste ihre Tat Konsequenzen haben. Er musste sie bestrafen. Und er wusste plötzlich genau wie.

Er machte ein paar Schritte auf sie zu, und instinktiv wich sie zurück. Ihre Augen schnellten zu der Waffe in seiner Hand. Er zuckte mit den Schultern und legte den Revolver auf seinen Schreibtisch. Dann ging er weiter auf sie zu, bis er nur einen halben Meter von ihr entfernt stand. Da er viel größer und schwerer war als sie, wusste er, dass sie ihn niemals überwältigen konnte, auch wenn er jetzt unbewaffnet war. Und wenn sie es versuchte, würde sie sehr schnell herausfinden, dass er einen Schwarzen Gürtel in Karate hatte.

Olivia starrte ihn an, blickte dann wieder

zur Pistole auf dem Schreibtisch. Versuchte sie abzuschätzen, ob sie an ihm vorbeikommen und sie erreichen konnte? Wollte sie den Spieß umdrehen?

Langsam schüttelte er den Kopf. „Olivia, Olivia", sagte er, als ob er mit einem unartigen Kind sprach.

Unartig, ja. Ein Kind, nein.

Wie unartig war genau das, was er herausfinden wollte.

„Wir brauchen keine Waffe, und wir brauchen auch die Polizei nicht. Ich denke, wir können das zwischen uns regeln."

Sie hob eine Augenbraue. „Wie?"

Er blickte auf ihren üppigen Mund. „Mit einem Handel."

„Nenn deinen Preis. Ich habe genügend Geld für unglückliche Ereignisse wie diese beiseitegelegt."

Dachte sie, sie konnte sich aus dieser Situation herauskaufen? Ja, er würde sich bezahlen lassen, aber englische Pfund waren nicht die Währung, die er im Sinn hatte.

„Ich spreche nicht von Bargeld."

„Eine Überweisung auf ein Offshore-Konto

dann, um das Finanzamt zu vermeiden?", bot sie mit einem wissenden Lächeln an.

Er bewegte seinen Kopf näher. Mit der Hand streichelte er ihren Kiefer, bevor er mit seinen Fingern über ihren Hals strich.

Sie erbebte. Marcus ging es nicht anders.

Er senkte seine Stimme zu einem Flüstern. „Du weißt doch, was ich will."

„Du machst Spaß." Endlich hatte sie wohl kapiert, wovon er sprach.

„Wenn's um meine Besitztümer geht, habe ich keinen Sinn für Humor."

Olivia schluckte schwer. „Welche Art von Handel bietest du an?"

Er schaute direkt in ihre Augen. „Gefängnis oder mein Bett. Die Wahl liegt bei dir."

4

Sein Bett!

Natürlich hatte Olivia vermutet, was er wollte. Schließlich war sie eine Frau, aber bei dem Vorschlag, der ihm so reibungslos über die Lippen rollte, waren ihre Eingeweide erzittert. Sie hatte diesen Blick von ihm schon einmal gesehen. Es war der gleiche, mit dem er sie im Foyer des Auktionshauses angesehen hatte. Und schon da war ihr etwas mulmig geworden. Jetzt war es schlimmer.

Von einem Mann wie Marcus begehrt zu werden, zu wissen, dass er sie in seinem Bett haben wollte, machte sie unerwartet scharf, trotz der prekären Situation, in der sie sich befand. Sie konnte seinen Atem auf ihrem Gesicht spüren, während die sengende Hitze seines Körpers ihre Zellen zum Kochen brachte. Seine Finger an ihrem Hals brannten wie heiße Lava.

Sie konnte nicht klar denken, wenn er ihr so nahe war. Sie fühlte, wie sich ihre Brustwarzen bei dem Gedanken, seinen Vorschlag anzunehmen, verhärteten. Eine Nacht mit einem heißen Mann im Austausch dafür, nicht verhaftet zu werden? Warum sollte sie nicht darauf eingehen? Was hatte sie schon zu verlieren?

Aber was, wenn es ein Trick war?

„Welche Garantie habe ich, dass du nicht doch zur Polizei gehst?"

Er zuckte mit den Schultern. „Nur mein Wort."

Sie kannte ihn nicht. Ja, sie hatte Erkundigungen über ihn eingezogen, aber das bedeutete nichts. Sie wusste nicht, ob er sein Wort halten würde oder nicht.

Sie spürte, wie er ihr näherkam, wie seine Oberschenkel gegen ihre streiften. Sie atmete scharf ein.

„Vielleicht sollten wir unseren Handel mit einem Kuss besiegeln", schlug Marcus vor.

Olivia schoss ihm einen panischen Blick zu. „Ich habe noch nicht akzeptiert."

„Vielleicht nicht bewusst, aber dein Körper ..." Er ließ seinen Blick über ihre Brüste schweifen und konzentrierte sich auf ihre gehärteten Brustwarzen, die sich durch ihren Pullover drückten.

Verdammte Verräter!

Um seinen Standpunkt zu betonen, berührte er einen der Gipfel mit seiner Hand, wirbelte seinen Finger um ihn, und drückte dann die kleine Knospe sanft zwischen Daumen und Zeigefinger.

Ein ersticktes Stöhnen entkam ihren Lippen. Dieser Mann würde ihr zum Verhängnis werden. Sie spürte, wie sie unter seiner Berührung schmolz. Wäre es zu dreist, wenn sie seine Hand nahm und sie unter ihren Pullover führte, damit er ihre nackte

Haut berührte? Wie lange war es schon her, seit ein Mann sie so intim berührt hatte?

Ach Gott, was dachte sie da nur?

„Welche Garantie habe ich?", hörte sie sich fragen. War sie verrückt, überhaupt in Erwägung zu ziehen, sein Angebot anzunehmen? War es denn ein Wunder, dass sie nicht klar denken konnte, wenn sich sein männlicher Duft wie eine Droge auf sie auswirkte?

„Ich küsse dich jetzt, und wenn du mir danach immer noch nicht glaubst …"

Er beendete seinen Satz nicht. Stattdessen kam sein Mund näher. Seine Lippen berührten ihre, zuerst sehr sanft, als ob er testen wollte, ob sie ihn abweisen würde. Sie hatte nicht die geringste Absicht, dies zu tun. Seit sie ihm in der Auktionshalle begegnet war, hatte sie seine Lippen auf ihr spüren wollen. Tatsächlich hatte sie sich danach gesehnt.

Seine Hand ruhte auf ihrer Brust, während er die andere um ihre Schulter legte und damit ihren Nacken streichelte, was eine

Gänsehaut über ihren Rücken sandte. Instinktiv öffneten sich ihre Lippen und sie spürte, wie sich seine Zunge in ihren Mund vortastete.

Ihr Widerstand, wenn sie jemals einen hatte, verschwand sofort. Unfähig, seinem zärtlichen Kuss zu widerstehen, ließ sie ihre Zunge gegen seine schnellen und ermöglichte ihm tieferen Zugang zu ihrem Mund, während sie ihre Arme um seinen Hals legte.

Olivias Körper befand sich in Aufruhr, als Hitze in ihr aufstieg. Ihr Inneres schien zu schmelzen, und sie fühlte, wie sie zwischen ihren Beinen feucht wurde. Unerträgliche Lust entbrannte in ihr, der Wunsch, diesen Mann zu fühlen, in sich zu haben. Als sie ihn heftiger küsste und mit ihrer Hand durch sein dichtes Haar fuhr, entkam seinem Mund ein tiefes Stöhnen.

Er entzog sich ihr. Seine Augen waren dunkel und voller Begierde. Begierde, die außer Kontrolle war. Ausgezeichnet. Damit konnte sie arbeiten.

„Gefängnis oder mein Bett? Ich brauche jetzt eine Antwort", verlangte Marcus.

„Dein Bett", antwortete sie mit rauer Stimme, zog ihn zu sich zurück und drückte ihre Lippen auf seinen Mund.

Soweit, so gut. Alles, was sie jetzt brauchte, war, dass ihr verräterischer Körper auf ihr Gehirn hörte, damit sie einen Plan entwerfen konnte, wie sie aus diesem Schlamassel herauskam. Dann würde sie sich noch besser fühlen. Oder auch nicht.

Verdammt, dieser Mann war ein fabelhafter Küsser. Und für einen kurzen Moment hatte sie gedacht, dass sie die Oberhand hatte, vor allem wenn sie bedachte, dass er von purer Lust geleitet wurde. Aber nein, er übernahm die Führung. So viel also zur Kontrolle, die sie dachte, über die Situation zu haben.

Als er sich an sie drückte, schmiegte sich ihre Weichheit an seine harte Form. Es war unmöglich, seine Erektion, die sich gegen ihren Bauch drängte, nicht zu bemerken. Seine Hand fuhr über ihren Rücken, und seine

Finger spreizten sich über ihren Hintern, als er sie näher an sich zog.

Marcus ließ für einen Moment von ihren Lippen ab. „Ich hätte dich zuerst zum Abendessen eingeladen, bevor ich dich in mein Bett nehme, aber ich fürchte, wir haben unsere Reservierung inzwischen verloren."

Arroganter Wichser!

Hatte er wirklich gedacht, dass sie mit ihm schlafen würde, nur weil er sie zum Essen ausführte? Sie wollte ihm sagen, was sie von seinem Kommentar hielt, aber sein Mund erstickte ihre Worte mit einem weiteren leidenschaftlichen Kuss. Verdammt noch mal! Leider fühlte es sich viel zu gut an, um aufzuhören.

Seine Zunge drang in ihren Mund ein, als ob er plante, einzuziehen. Okay, vielleicht hatte sie ihn eingeladen. Aber er war sicherlich nicht schüchtern, es sich gemütlich zu machen. Gleichzeitig drückte er seine Hüften gegen sie, sodass ihr nur allzu bewusst war, was er brauchte.

„Oh, ja!", hörte sie eine weibliche Stimme

keuchen und erkannte, dass es ihre eigene war.

Olivia fühlte seine Hand unter ihren Pullover schlüpfen und seine Finger über ihr erhitztes Fleisch gleiten, bis er ihre Brust fand und sie berührte.

„Mann, du fühlst dich gut an", murmelte Marcus gegen ihre Lippen.

Er schob ihren Pullover über ihre Brüste, und sie konnte plötzlich die kühlere Luft auf ihrer Haut fühlen, die ihr Rettung vor Verbrennung verschaffte. Aber nicht lange. Sekunden später senkte er seinen Mund auf ihre Haut. Er leckte den bereits erigierten Nippel, bevor er ihn in seinen Mund saugte.

Olivia warf den Kopf zurück und ließ ihn machen. Ließ? Zum Teufel, sie forderte ihn auf, ihr mehr zu geben. Seine Zunge, seine Lippen, sein Mund, alle arbeiteten in einem harmonischen Konzert zusammen auf ihren Brüsten, abwechselnd leckend, beißend, und saugend, bis sie kaum noch atmen konnte.

Sie spielte mit seinen Haaren und drückte ihn näher an sich, damit er nicht aufhörte. Als sie seine Hände auf dem Knopf ihrer Hose spürte, um diese zu öffnen, hielt sie ihn nicht auf. Selbst als er den Reißverschluss nach unten zog und ihre Hose über ihre Hüften streifte, fand sie keine Worte oder Handlungen, ihn zu stoppen.

Olivia öffnete ihre Augen und sah zu ihm hinab, als er vor ihr kniete und ihre Hose über ihre Schenkel zog, sein Kopf auf Höhe ihres Schoßes. Ihr Blick wanderte zum Schreibtisch, wo er die Waffe gelassen hatte. Es war nicht weit. Vielleicht würde sie es schaffen. Sie brauchte nur einen Sprung zu machen, um die Pistole zu schnappen und auf ihn zu richten. Sie musste es versuchen.

Oder war es ein Trick? Warum hatte er die Pistole so sorglos auf seinen Schreibtisch gelegt?

Aber dann spürte sie eine kühle Brise auf ihrem Geschlecht und wusste, dass er ihren Slip beiseite geschoben hatte. Die kühle Luft hielt nicht lange an, denn er drückte sofort sein Gesicht gegen sie. Seine Zunge tauchte zwischen den Scheitelpunkt ihrer Oberschenkel, aber ihre enge Hose, die sich bei ihren Knien bauschte, hinderte sie daran, sich ihm zu öffnen.

Die Pistole war sofort vergessen. Stattdessen musste sie einen Weg finden, ihm näher zu kommen, damit sie seine Zunge fühlen konnte.

„Bring mich ins Bett", forderte sie ihn auf.

5

Marcus legte Olivia auf sein Bett und zog ihr im nächsten Augenblick die Stiefel aus. Wer hätte gedacht, dass die heiße Frau der vorhergehenden Nacht ihn hatte berauben wollen? Jetzt würde er den Spieß umdrehen und ihr zeigen, was sie sich da eingehandelt hatte. Die ganze Nacht. Bis sie nicht mehr gehen konnte.

Der Schock, sie kniend vor seinem Safe zu finden und zu begreifen, dass sie eine Einbrecherin war, war verflogen und von einem anderen Schock ersetzt worden: wie sehr sie ihn anmachte. Er schrieb es der

Tatsache zu, dass dies eine gefährliche Situation war.

Marcus zerrte an ihrer Hose und zog sie ihr aus. Als er sah, wie sie sich damit beschäftigte, ihre OP-Handschuhe und ihren Pullover auszuziehen, machte er kurzen Prozess mit seiner eigenen Kleidung. Olivia hatte keine Hemmungen. Das war etwas, was ihm an der Frau gefiel.

Er hatte ihr sein Wort gegeben, nicht die Polizei einzuschalten, und er meinte es ernst. Wenn er bedachte, wie ruhig sie es aufnahm, erwischt worden zu sein, war sie wahrscheinlich eine total professionelle Diebin. Was hieß, dass sie gefährlich war, aber auch unendlich verlockend.

Und er hatte immer schon eine Schwäche für Frauen, die ihn geiler als einen 15-jährigen Jungen mit einem Stapel von Playboy-Heften machen konnten. Weil er nicht mehr fünfzehn war. Er war fünfunddreißig, und eine Erektion zu bekommen dauerte in der Regel länger als eine Frau drei Sekunden lang anzusehen. Nicht so bei ihr. Seit dem Moment, in dem er seinen Blick über ihre enge Hose und ihren Pullover hatte schweifen lassen, war er schon für sie bereit.

Olivia lag in seinem Bett, ihr nackter Körper ausgestreckt, so einladend wie er überhaupt noch nie eine Frau gesehen hatte. Ihm fiel auf, wie sie ihn anschaute, nicht nur anschaute, bewunderte. Ihr Blick glitt über seinen nackten Körper, als er vor ihr stand. Marcus gab ihr genügend Zeit, sich sattzusehen. Als ihre Augen auf seiner Erektion zu ruhen kamen, biss sie sich auf die Unterlippe.

„Kommst du ins Bett oder willst du einfach nur dastehen?", fragte sie.

Er schenkte ihr ein sanftes Lächeln. „Geduld. Du bekommst deine Strafe früh genug."

Etwas in ihren Augen flackerte. Aufregung? Angst? Vorfreude?

„Strafe?"

„Natürlich. Du hast doch nicht gedacht, dass ich dich nicht für den Einbruch in mein Haus und dass du etwas von mir stehlen wolltest, bestrafen würde, oder? Und ich habe genau die richtige Art von Bestrafung für ein unartiges Mädchen wie dich."

Er strich suggestiv über seine Erektion.

„Wie unartig glaubst du denn, dass ich bin?" Ihr mutwilliges Lächeln sagte ihm, dass sie in der Tat sehr ungezogen war.

Marcus krümmte seinen Finger, um sie zu sich zu rufen. Sie gehorchte und kroch zum Rand des Bettes. Ihre Bewegungen waren wie die einer Katze, elegant, langsam, aber ohne Zögern.

„Sehr frech und unartig. Es wird Zeit, das wieder gut zu machen", schlug er vor, während er auf ihren Mund starrte.

„Woher willst du wissen, dass ich nicht beiße?"

„Tust du das?"

„Nein!"

Er wägte ihre Antwort ab. Würde sie ihn beißen? Seine Augen wanderten ihren Körper entlang zu ihrem Busen, wo ihre Nippel sich verhärtet hatten. Ihre Haut war rosig, sah erhitzt aus, und der Geruch ihrer Erregung stieg in seine Nase. Nein, sie würde ihn nicht beißen – sie wollte dies genauso sehr wie er.

„Dann glaube ich dir."

Eine Sekunde später spürte er ihre Zunge an seinem Fleisch, wie sie langsam den knolligen Kopf leckte. Die Art und Weise, wie Olivia ihre Zunge um ihn herumwirbelte, bewies ihm, dass sie sehr talentiert war. Ein heißer Schauer schoss durch ihn, traf ihn wie die Flammen eines Infernos.

Sie leckte über seine Länge bis hinunter zu seinem Sack, der sich sofort bei dem intensiven Gefühl zusammenzog. Marcus stöhnte, und er ergriff ihre Schultern, um sein Gleichgewicht zu halten.

Ihre Zunge glitt zurück bis zur Spitze seiner Erektion; sie nahm sich höllisch Zeit und testete damit seine Kontrolle, bevor sich ihre Lippen um ihn schlossen und sie ihn in ihren feuchten Mund nahm.

„Oh, verdammt!", stieß Marcus aus.

Er fühlte sich plötzlich ganz benommen und unfähig zu denken, unfähig irgendwelche Entscheidungen zu treffen. Ihre Lippen und ihre Zunge waren seidig, warm, feucht und das Beste, was er je erlebt hatte. Als sie plötzlich ihren Mund von ihm nahm, spürte er einen körperlichen Verlust.

Olivia lächelte verführerisch. „Leg dich aufs Bett, das wird eine Weile dauern."

Eine Weile? Da würde sie sich täuschen, denn mit der Art, wie sie ihn bearbeitete und seine Beine zum Zittern brachte, stand er kurz davor, die Kontrolle zu verlieren.

Marcus tat, um was sie ihn gebeten hatte und streckte sich auf dem Bett aus, als sie sich neben ihm bewegte. Er konnte es kaum erwarten, bis sie ihren Mund wieder auf ihn legte und dort weitermachte, wo sie aufgehört hatte.

Als er spürte, wie sich die Matratze unter ihrem Gewicht bewegte, erkannte er sofort, was sie wirklich vorhatte. Statt sich ihm weiter zu widmen, sprang sie aus dem Bett, schnappte sich ihren Pullover und die Hose vom Boden und eilte zur Tür.

Lässig drehte sich Marcus in Richtung Tür und sah ihr zu, wie sie versuchte, diese aufzureißen. Olivia zuckte, als die Tür sich nicht bewegte.

Er hatte sie abgesperrt, als er sie

hereingetragen hatte, und er bezweifelte, dass sie es bemerkt hatte, da sie zu sehr damit beschäftigt gewesen war, ihn zu küssen. Der Schlüssel lag nun sicher im Wäschekorb neben der Tür.

„Nur eine kleine Vorsichtsmaßnahme", erklärte er.

Der Blick auf ihrem Gesicht, als sie sich wieder zu ihm drehte, war unbezahlbar. Er hatte sie überlistet. Scheinbar passierte das nicht allzu oft.

Er stand vom Bett auf. Es gab keine Eile. Er hatte ihr bereits klargemacht, dass sie ihm nicht entkommen würde, solange er es nicht erlaubte. Es war an der Zeit, dass sie das akzeptierte.

Bewusst langsam nahm er ein Kondom aus dem Nachttisch. Sie beobachtete jede seiner Bewegungen, als er das Paket öffnete, das Kondom herausnahm und es sich überzog.

„Wenn du's lieber im Stehen treiben willst, macht mir das nichts aus."

Marcus blieb nur wenige Zentimeter von ihr entfernt stehen und berührte ihr Gesicht.

„Ich hätte dich zwar gerne zuerst gekostet, aber das wird warten müssen. Zuerst musst du lernen, wer heute Abend das Sagen hat."

Marcus hatte nicht vor, sich ihr aufzudrängen. Bei Gott, er war kein Tier. Aber er würde sicher alles tun, um ihren Widerstand zu schmelzen. Und er würde sie dazu bringen, ihn anzubetteln, sie zu nehmen.

Olivias Lippen waren feucht und warm, als er sie wieder kostete. Er wollte seine Zunge noch nicht in sie drängen, sondern leckte erst ihre Lippen. Zuerst knabberte er an ihrer Unterlippe, dann an der Oberlippe.

Ein Schauer ging durch ihren Körper, und sie drängte sich gegen ihn. Eine Sekunde später rieben ihre erregten Brustwarzen gegen seine Brust. Ihre Kleider entglitten ihren zitternden Händen und fielen zu Boden.

Noch hatte er seinen Kuss nicht vertieft, sondern streichelte weiterhin nur ihre Lippen. Er presste seine Hände hinter ihr an die Tür. Ihr verzweifeltes Stöhnen brachte ihn zum Lächeln. Sie wollte berührt werden, aber er würde nicht nachgeben, noch nicht.

„Sag meinen Namen", befahl er.

Olivia zog ihn näher, aber Marcus hielt sie zurück, verwehrte ihr seinen Körper. Sie musste erst lernen.

„Sag meinen Namen", wiederholte er.

Wieder versuchte sie, ihn an ihren Körper zu ziehen, aber er schüttelte den Kopf.

Ein kaum hörbarer Seufzer entrang sich ihr, bevor sie flüsterte: „Marcus."

„Gut", lobte er und schob seine Zunge zwischen ihre geöffneten Lippen. Ihr Geschmack war berauschend, aber er wollte nicht die Kontrolle verlieren. Nein, sie würde diejenige sein, die dieses Mal die Kontrolle verlor. Das war sein Plan.

Er zog sich zurück, und sie kam sofort hinter ihm her, drängte ihre Zunge in seinen Mund, spielte mit ihm, erforschte ihn. Ihre Hände schlangen sich um seinen Hals, zogen ihn näher und verlangten, dass er den Kuss vertiefte. Verdammt, er konnte nicht länger widerstehen, also übernahm er die Führung.

Als er sie an die Tür drückte und ihren Körper mit seinem verbunden fühlte, seine Erektion gegen ihren Bauch gedrückt, ihren

Mund plündernd, fühlte er sich, als ob *er* der Einbrecher wäre, nicht sie. Er verlor sich in ihr, als er spürte, dass all ihr Widerstand wegschmolz.

Ihre weichen Brüste formten sich gegen seine Brust. Er wollte sie berühren. Er musste all seine Kraft benutzen, sich von ihr loszureißen, da sie ihn so fest hielt. Sie schmollte, als er den Kuss unterbrach.

„Bitte hör nicht auf."

Würde er nicht. Er nahm ihre Brüste in seine Hände und knetete sie sanft. „Wunderschön."

Sein Mund sank auf ihren Nippel. Olivia stöhnte, als seine Zunge über die gehärtete kleine Knospe glitt, bevor er sie in seinen Mund saugte. Augenblicke später unterzog er die andere Brust der gleichen Folter. Der vertraute Duft von Vanille und Zitrusfrüchten wehte in seine Nase.

Sie hatte ihm sein Abendessen vermasselt, jetzt würde er stattdessen an ihr schlemmen.

Der Duft ihrer Erregung reizte ihn, und er sank tiefer. Seine Lippen markierten den Weg zu ihrem Nabel, dann weiter nach Süden durch den Dschungel ihrer lockigen Schamhaare, dann noch tiefer. Kniend hob er eins ihrer Beine über seine Schulter.

„Ich dachte, du wolltest mir zuerst zeigen, wer das Sagen hat."

Mit halb geschlossenen Augen sah Marcus zu ihr auf. „Das mache ich ja gerade, Baby."

6

Beim ersten Ansturm von Marcus' Zunge auf ihr Geschlecht erbebte Olivia. Der Mann wusste, wie man eine Frau bestrafte. Sie war ein böses Mädchen, das stimmte schon. Aber wenn sie jedes Mal, wenn sie ein wenig unartig war, so behandelt würde, dann wäre sie gerne oft wirklich, wirklich unartig.

Sie wollte fliehen, nicht, weil sie nicht mit ihm schlafen wollte, sondern weil sie es zu sehr wollte. In dem Moment, als sie seine erstaunliche Erektion geleckt hatte, hatte sie erkannt, dass sie verloren war, wenn sie ihn in sich eindringen lassen würde. Wenn sie gedacht hatte, dass Marcus mit Kleidung schon super aussah, weckte der Anblick seines nackten Körpers alle Arten von Emotionen in ihr, viele davon solche, die sie sich nicht eingestehen wollte.

„Hmm, du bist so feucht", kommentierte er und leckte an ihrem warmen Geschlecht.

Seine Zunge hatte eine gewisse Rauheit, als er über ihre Klitoris strich und sie vor Vergnügen zum Stöhnen brachte. Sie drückte ihren Rücken fester gegen die Tür, bedacht, nicht ihr Gleichgewicht zu verlieren. Die Wärme, die sie plötzlich erfüllte, brachte ihre Haut zum Transpirieren.

Er leckte ihren angeschwollenen Lustknopf, saugte ihn in seinen Mund. Die Spitze seiner Zunge spielte damit und trieb jeglichen vernünftigen Gedanken aus ihrem Gehirn. Gerade als sie dachte, sie könnte es nicht eine Sekunde länger aushalten, ging er tiefer und schob seine Zunge in ihren engen Kanal.

Ein lautes Stöhnen löste sich von ihrer Kehle, und sie spürte, wie sich seine Lippen zu einem Lächeln verzogen. Aber sie fühlte sich hilflos und konnte ihn nicht aufhalten. Wollte es auch nicht. Sie wollte nichts mehr als seine Zunge zu spüren, wie er sie erforschte, sie neckte, ihr Vergnügen bereitete. Und er war verdammt gut mit dem, was er tat.

Olivia fühlte, wie sich mehr Feuchtigkeit an ihrem Geschlecht sammelte, und genoss das Stöhnen, das Marcus von sich gab. Zumindest war sie nicht die Einzige, die dabei war, den Verstand zu verlieren.

Sein Mund schweifte wieder auf ihre Klitoris zurück, und während er sie härter saugte, schob er einen Finger in sie hinein und bewegte ihn hin und her, als ob sie Butter wäre und er ein heißes Messer.

Sekunden später fügte er einen zweiten Finger hinzu und erhöhte damit die Intensität. Seine Zunge streichelte sie, bearbeitete den gehärteten Lustknopf wie verrückt.

Fuck!

Sie drehte und wandte sich unter seinem Mund und drängte sich gegen seine Finger, als ihr Körper in einem Feuersturm von

Empfindungen verbrannte, die alle auf einmal durch sie schossen. Ihr Orgasmus packte sie, drückte sie aus und spuckte ihren Körper ohne Knochen aus, aber nicht, bevor ihr Gehirn sich zu Brei verwandelt hatte.

Der einzige Grund, warum sie nicht zusammenbrach, war, weil Marcus sie in seinen Armen auffing, als er aus seiner hockenden Stellung aufsprang.

„Siehst du, ich habe doch gesagt, dass ich das Sagen habe", flüsterte er, ganz von sich selbst eingenommen.

„Du Wichser!", verfluchte Olivia ihn und knabberte gleichzeitig an seinem Hals.

Marcus kicherte leise. „Nicht heute Nacht", antwortete er und stieß seine Erektion gegen ihr Geschlecht.

Er war immer noch so hart und so groß wie zuvor, als sie ihn in ihrem Mund gehabt hatte. Etwas, was sie gerne wiederholen würde. Offensichtlich hatte jedoch Marcus im Moment andere Ideen.

Sie stöhnte leise und schlang ein Bein um seinen Oberschenkel, um ihn näher an sich zu ziehen. Mit einer langsamen Bewegung drang er in sie ein, rutschte Zentimeter für steinharte Zentimeter tiefer in sie, bis er sie perfekt füllte, als wären sie füreinander bestimmt.

Seine Hand berührte ihr Kinn, und seine Finger streiften ihre Wange. Er sah sie an, als ob er nicht glauben konnte, was sie taten. Es war, als ob er etwas sagen wollte, aber seine Lippen blieben stumm. Stattdessen küsste er sie, nahm ihren Mund mit seinem, als wolle er sie markieren. Hart und fordernd. Alles, was sie tun konnte, war, sich ihm hinzugeben.

Mit jeder langsamen Bewegung seiner Erektion entzündete er alle Zellen in ihr, bis ihr ganzer Körper vor Leidenschaft loderte. Jeder Stoß, den er in ihren warmen Schoß versenkte, raubte ihr den Atem. Und dann steigerte er seine Geschwindigkeit, pumpte schneller und härter. Hinein und hinaus. Er ergriff ihren Hintern, um sie näher an sich heranzuziehen und drang unerbittlich in sie ein. Ohne aufzuhören.

Olivia konnte spüren, wie er versuchte, tiefer in sie einzudringen, als er ihr anderes Bein hochzog, ihr Gewicht unterstützte und sie gegen die Tür drückte. Sie verstärkte ihren Halt um ihn herum, hielt sich an seinen Schultern fest und kreuzte ihre Knöchel hinter seinem Rücken.

„Ja, Baby!", stöhnte Marcus.

Sie lachte, wohl wissend, dass er jeden Moment seine Kontrolle verlieren würde. Sie hatte nun die Oberhand. „Sieh mal, wer jetzt das Sagen hat."

Da war ein Funkeln in seinen Augen, aber es verschwand im Bruchteil einer Sekunde wieder. Er hatte offensichtlich nicht vor, mit ihr zu diskutieren. Stattdessen stieß er noch härter zu und rieb ihren empfindlichen Kitzler mit jedem Stoß, als sie auf einen weiteren Orgasmus zuraste. Als sich ihre Muskeln um seinen Schaft zusammenzogen und ihr Höhepunkt über sie rollte, spürte sie ihn in sich pulsieren. Für mehrere Sekunden zuckte er und explodierte dann.

„Verdammt!" Marcus brach gegen sie zusammen und atmete schwer, als er sein Gesicht in die Beuge ihres Halses schmiegte.

7

„Nur mal aus Interesse: Was wolltest du eigentlich von mir stehlen?"

Olivia lag in seinem Bett, ihr Körper halb über seinem drapiert, nachdem die Laken fast in Flammen aufgegangen waren, als sie beim zweiten Mal das Bett benutzt hatten anstatt die Tür. Marcus konnte von der aufregenden Frau in seinen Armen nicht genug bekommen, und die Nacht war noch jung. Er hatte noch viel mehr mit ihr vor. Sie hatte nur keine Ahnung, was noch alles.

Sie streichelte geruhsam seine Brust. „Ist es wichtig?"

„Natürlich."

„Warum?"

„Die Strafe muss dem Verbrechen angemessen sein." Marcus grinste sündhaft und strich sich eine Haarsträhne aus dem Gesicht.

Sie warf ihm einen überraschten Blick zu. „Glaubst du nicht, dass du mich genug bestraft hast?"

Ein kehliges Lachen platzte aus seiner Brust. „Ich habe das Gefühl, dass das für dich keinerlei Strafe war."

„Vielleicht machst du's nicht richtig", wagte sie, ihn zu kritisieren.

„Keine Angst, ich mache es richtig. Es war ziemlich schwer, deine ekstatischen Schreie zu ignorieren."

„Ich schreie nicht!"

„Natürlich tust du das. Hey, ich nehme es als ein Kompliment." Er hob die Hände in einer kapitulierenden Bewegung. „Aber um wieder auf meine Fragen zurückzukommen. Was wolltest du stehlen?"

Olivia zuckte mit den Schultern. „Das Vestalin Armband."

Er pfiff durch die Zähne. „Du hast Geschmack, das muss man dir lassen."

„Es ist viel Geld wert."

„Dessen bin ich mir bewusst."

„Mehr als du bezahlt hast."

Marcus nahm ihr Kinn, damit sie ihn anschaute. „Woher willst du das wissen?"

„Ich kenne meine römische Kunst."

Er grinste. „Ah, eine gebildete Diebin. Universität?"

„Kunstgeschichte", bestätigte sie.

Marcus war von ihrem Eingeständnis überrascht. „Hast du jemals darüber nachgedacht, etwas Anderes mit deinem Wissen zu tun, anstatt zu stehlen?"

Sie schnaubte. „Als ob man von dem Gehalt eines niederen Kurators leben könnte. Stehlen macht sich besser bezahlt, das kannst du mir glauben."

Er lachte. „Also geht's dir nur ums Geld. Und Spaß macht es dir gar nicht, oder?"

Ein verlegenes Lächeln huschte über ihr Gesicht. „Vielleicht ein bisschen."

„Du magst den Nervenkitzel, das Risiko. Das kann ich sehen." Mit seiner Hand strich er ihren Rücken hinunter bis zu ihren Hüften und streichelte dann gemächlich die weichen Rundungen ihres Hinterns. Marcus spürte, wie sein Körper sich wieder rührte, obwohl er in der letzten Stunde schon zweimal gekommen war. Er lächelte bei dem Gedanken, wie verletzlich Olivia sich in seinen Armen angefühlt hatte, als er sie von einem Orgasmus zum nächsten gebracht hatte.

Eine knallharte Schwerverbrecherin? Sehr unwahrscheinlich. Olivia hatte etwas ausgesprochen Weiches an sich.

„Hast du jemals das Armband von Nahem gesehen?"

Sie schüttelte den Kopf. „Nur in der Vitrine im Auktionshaus. Nicht annähernd nahe genug. Und leider hast du mich unterbrochen, bevor ich deinen Safe öffnen konnte."

„Zum Glück."

Marcus schälte sich aus ihrer Umarmung und setzte sich auf. „Lauf nicht weg, oder ich werde dich wirklich bestrafen müssen. Ich bin gleich wieder da."

Als er zur Tür ging und sie aufsperrte, zog

er in Betracht, sie einzuschließen, aber ein Blick auf ihren gesättigten Körper bestätigte ihm, dass sie nicht weglaufen würde, zumindest nicht in den nächsten paar Minuten.

Er hatte recht. Als er weniger als zwei Minuten später ins Schlafzimmer zurückkehrte, lag sie immer noch in der gleichen Position im Bett. Ihre Augen waren geschlossen, aber er wusste, dass sie nicht schlief.

In dem Moment, als er wieder seinen Platz neben ihr im Bett einnahm, schlang sie ihre Arme automatisch um ihn, und ihr Körper schmiegte sich an seine Seite. Die intime Berührung, die sie ihm schenkte, brachte ihn zum Lächeln. Er könnte sich an so etwas gewöhnen.

„Mach deine Augen auf. Ich möchte dir was zeigen."

„Zu müde."

„Es wird sich lohnen, ich verspreche es dir."

Widerwillig öffnete Olivia ihre Augen und schaute auf das Objekt in seinen Händen.

Sofort schnappte sie nach Luft und setzte sich auf.

„Das Vestalin Armband!"

Marcus legte es in ihre Hände, damit sie es berühren konnte.

Das Artefakt war aus purem Gold. Filigran schlängelte sich um das feste Band aus Edelmetall. Der Verschluss war ungewöhnlich, weil er aus zwei phallischen Symbolen konstruiert war: einem männlichen und einem weiblichen. Wenn das Armband geschlossen war, passten sie auf die gleiche Weise zusammen, wie der Körper eines Mannes zu einer Frau passte.

„Es ist wunderschön", sagte sie, Bewunderung und Ehrfurcht in ihrer Stimme.

Er verstand ihre Bewunderung. Er hatte das gleiche Gefühl verspürt, als er das alte Schmuckstück zum ersten Mal gesehen hatte.

„Ja, das ist es."

Er nahm das Armband und öffnete den Verschluss. Ohne ein Wort legte er es um ihren Oberarm und schloss es. Es schmiegte sich eng um ihren Bizeps.

„Dich mit dem Armband zu sehen, macht

mich ganz hart", flüsterte er. Die Idee, mit ihr zu schlafen, während sie das Artefakt trug, machte ihn scharf.

Olivia Augen weiteten sich vor Schreck. „Du musst es mir sofort abnehmen!", befahl sie, ihre Stimme panisch.

„Warum denn? Ich dachte, das ist das, was du wolltest."

Er verstand nicht, warum sie plötzlich versuchte, den Verschluss zu öffnen, eine Tat, bei der sie kläglich scheiterte. Er hatte entdeckt, dass zwei Hände nötig waren, um den Verschluss zu öffnen, sodass es der Person, die es trug, unmöglich war, es selbst zu entfernen.

„Nimm es mir ab, bitte! Weißt du denn nichts von der Legende?"

„Natürlich weiß ich davon."

„Das sieht aber nicht so aus, sonst würdest du es mir sofort wieder abnehmen. Laut Legende soll das Armband ein Band der Liebe und des wahren Glücks zwischen einem Mann und einer Frau schaffen, wenn sie Liebe machen, während die Frau es trägt. Also nimm es mir sofort ab!", forderte sie zornig.

„Aber das ist doch nur eine Legende. Da ist nichts Wahres dran. Sag mir nicht, du glaubst an diesen Hokuspokus!" Marcus grinste. Er hatte sie nicht für abergläubisch gehalten.

„Man soll niemals Legenden ignorieren. Es liegt immer ein Körnchen Wahrheit drinnen. Bitte nimm es mir ab."

Er schüttelte den Kopf. „Nein. Es bleibt dran. Es gefällt mir an dir. Und es macht mich total heiß, wenn du es trägst. Ich dachte, du gehst gern Risiken ein", fuhr er provozierend fort. „Macht dich das nicht an?"

Olivia gab ihm einen gequälten Blick.

„Komm schon, gib's zu, du trägst es gerne, oder? Olivia?"

Ihr Gesicht schien zu strahlen. Sie hatte in der letzten Nacht wunderschön ausgesehen; noch vor einer Stunde hatte er sie hinreißend gefunden, aber jetzt sah sie aus wie das schönste Geschöpf der Welt.

Sein Schwanz versteifte sich weiter. Er musste sie haben, und zwar jetzt.

„Sei heute Nacht meine Vestalin", flüsterte er und sah ihr in die Augen.

Ihr Blick erweichte sich. Die harten Linien um ihren Mund verschwanden, Zorn sickerte von ihrem Körper und verschwand in der Luft.

„Marcus, ich muss dich in mir spüren." Ihre Stimme hatte eine Dringlichkeit an sich, die er bisher nicht bemerkt hatte.

Als er sie auf seinem harten Schaft aufspießte und sie für sich forderte, war der Akt wie eine Verschmelzung ihrer Körper. Olivia fühlte sich perfekt an, Kurven an den richtigen Stellen. Er hatte schon lange Zeit keine so geschmeidige Frau in seinem Bett gehabt. Tatsächlich hatte er schon eine ganze Weile keine Frau mehr in seinem Bett gehabt. Und ihm fiel jetzt auf, dass das schon viel zu lange her war.

Er atmete ihren Duft ein, genoss die Wärme ihres Körpers und das Leuchten in ihren Augen, das wie Sonnenschein eine stürmische Nacht erhellte. Mit jedem Stoß ging er tiefer und kam näher, näher an Olivia und ihre Essenz. Es gab so viel mehr von dieser kleinen Diebin zu ergründen, und wenn er nicht vorsichtig war, dann würde sie mehr als nur sein Armband stehlen.

Dann müsste er sie noch mehr bestrafen, genauso wie er es jetzt mit jedem Stoß tat. Immer tiefer drang er in sie ein, und doch trieb er sie gleichzeitig immer höher. Wer hätte ahnen können, dass die Bestrafung für beide gedacht war?

Marcus war bereit, die gleiche Strafe einzustecken, die er ihr austeilte, und ertrug liebend gerne ihre Fingernägel, die sich in seinen Hintern gruben, ihn näherzogen, sowie ihre Zähne, die an seiner Schulter schabten, um Seufzer zu unterdrücken, die ihrem Körper entkamen, während sie vor intensiver Leidenschaft vibrierte.

Seine Kapitulation war unvermeidlich, auch wenn er es so lange, wie er nur konnte, hinauszögerte. Aber in dem Moment, in dem Olivias innere Muskeln sich um seine Erektion verkrampften und sie ihn drückte, zersplitterte seine Kontrolle in tausend Stücke. Sie molk ihn, verlängerte seinen Orgasmus um mehr als er es je für möglich gehalten hätte und brachte ihn zu ungeahnten Höhen.

Gesättigt oder nicht, und er hatte noch nie

einen weltbewegenderen Orgasmus erlebt als mit ihr, konnte er sie nicht loslassen. Er wollte ihren Körper nicht verlassen. Er hätte sich keine Sorgen darüber machen müssen. Sie forderte nicht, von ihm freigegeben zu werden. Vielmehr hielt sie ihre Arme und Beine um ihn geschlungen, als ob sie ihn nie wieder freigeben wollte.

Als er wieder genug Energie hatte, um seinen Kopf zu heben, tat er es um sie anzusehen. Sie war schöner als vorher, wenn das überhaupt möglich war.

Zärtlich strich er seine Lippen über ihre und küsste sie nur einen Hauch.

„Ich hoffe, du hast nicht vor, heute Nacht zu schlafen", murmelte er.

Olivia schenkte ihm ein vielversprechendes Lächeln. „Meine beste Arbeit mache ich nachts."

8

In dem Moment als Marcus erwachte, wusste er, dass Olivia weg war. Und mit ihr sein kostbares Vestalin Armband.

Sie hatte ihn letzte Nacht erschöpft, als ob sie einen Rekord aufstellen wollte. Es war weit nach drei Uhr morgens gewesen, als er zusammengebrochen war und keinen einzigen Muskel mehr bewegen konnte. Innerhalb von Minuten war er eingeschlafen, sein Gehirn ohne jeglichen klaren Gedanken.

Er hatte sich von seinem Schwanz führen lassen und sich in einen perfekten Idioten verwandelt. Was in aller Welt hatte ihn auf die geniale Idee gebracht, sie das Armband tragen zu lassen? Hatte er völlig den Verstand verloren, nur weil er fabelhaften Sex mit ihr hatte?

Jede Minute wurde ein Trottel geboren, und jetzt war er dran. Natürlich hatte sie Sex benutzt, um zu bekommen, was sie wollte. Und er hatte es ihr leicht gemacht. Er hatte sich freiwillig benutzen lassen. Ehrlich gesagt, wenn er so dumm war, verdiente er es auch nicht anders.

Er hatte ihr eine Lektion erteilen wollen und stattdessen hatte sie ihm eine noch größere erteilt: Vertraue nie der Frau in deinem Bett!

Marcus schwang die Beine aus dem Bett und griff nach dem Telefon, um den Diebstahl der Polizei zu melden, hielt jedoch mitten in der Bewegung inne. Er spürte jede einzelne Zelle in seinem schmerzenden Körper. Schmerzend, ja, aber gut schmerzend. Die Nacht und alles, was sie getan hatte, erschienen vor seinen Augen. Was für eine Frau! Sinnlich, abenteuerlich, zärtlich, heiß, unersättlich und einfach nur erstaunlich, alles in einem.

Er ergriff den Telefonhörer und wählte.

Etwas mehr als eine Stunde später stand Thomas vor seiner Haustür.

„Was unternimmt die Polizei?", fragte Thomas anstelle einer konventionelleren Begrüßung.

Marcus winkte ihn in die Küche und setzte sich wieder, um sein Frühstück zu beenden.

„Tee?"

„Natürlich. Also, was sagen sie? Ist sie ihnen bekannt?" Thomas nahm eine Tasse und fügte Milch hinzu, bevor er einen Schluck nahm.

„Ich habe die Polizei nicht angerufen."

Unfreiwillig spuckte Thomas Tee aus seinem Mund. „Was? Spinnst du? Sie könnte ja schon weiß der Teufel wo sein!"

Unbeeindruckt von dem Ausbruch seines Freundes wischte Marcus mit seiner Serviette auf. „Ich werde die Polizei nicht einschalten. Ich hab's ihr versprochen."

„Bist du total bekloppt? Du hast einer Diebin was versprochen?"

Thomas sah ihn an, als ob er aus dem Irrenhaus entkommen war. Ja, er musste mit Olivia abrechnen, aber er wollte derjenige sein, der die Abrechnung machte, nicht die Polizei.

„Du weißt, wie sie aussieht, also kannst du mir helfen, sie zu finden."

„Und wie sollen wir das anstellen? Wir wissen doch nicht mal, wo wir anfangen sollen."

Marcus schüttelte den Kopf. „Im Gegenteil. Sie hat einen Abschluss in Kunstgeschichte. Wir fangen bei den Colleges in London an. Mit deinen Verbindungen zu praktisch allen Akademikern in der Stadt sollte es nicht allzu schwierig sein, herauszufinden, wer sie ist. Sie ist jung, wahrscheinlich unter dreißig, also werden wir nicht weiter zurückgehen müssen als sieben oder acht Jahre. Sie sagte, ihr Name sei Olivia."

Thomas stieß unverblümt den Atem aus. „Quid lucrum istic mihi est?"

„Muss da immer was für dich rausspringen?", fragte Marcus.

„Du weißt, was ich will."

Marcus wusste es nur zu gut. Thomas begehrte ein Artefakt, das mit den Ruinen von Machu Picchu in Verbindung stand und das Marcus besaß. Thomas versuchte schon seit Monaten, es ihm abzujagen.

„Okay."

„Na, dann lass uns mal anfangen", antwortete Thomas.

Thomas berief sich auf Gefälligkeiten, die ihm ein paar Leute schuldeten, um ihnen Zugang zu den Dateien der ehemaligen Studenten zu verschaffen, und sie machten sich an die Arbeit. Sie teilten sich die verschiedenen Colleges in London auf und sprangen in ihre Autos.

Was Marcus seinem Freund nicht gestanden hatte, war, dass, obwohl er sicherlich das kostbare Artefakt wiederhaben wollte, da noch etwas Anderes war, das er zurückhaben wollte. Die Tatsache, dass Olivia ihn nach der erstaunlichen Nacht, die sie miteinander verbracht hatten, einfach sitzen gelassen hatte, mochte er gar nicht. Ebenso wenig behagte ihm sein ungezügeltes

Verlangen, sie wieder in seinem Bett zu haben, nackt und unter sich.

Nach einer Nacht Sex mit ihr sollte er gesättigt sein. Stattdessen wollte er mehr. Leider war sein Verlangen auf eine bestimmte Frau fixiert. Es musste Olivia sein.

9

Olivia versuchte schon seit Stunden, das verflixte Armband von ihrem Arm zu entfernen. Ohne Erfolg. Sie konnte die Schnalle nicht öffnen. Und da es zu eng an ihrem Oberarm anlag, konnte sie es auch nicht abstreifen. Es schien sogar, als wäre es über Nacht noch enger geworden.

Frustriert und schwitzend ließ sie sich zurück auf die Couch fallen.

Das Armband loszuwerden war noch nicht einmal ihr größtes Problem. Oder vielleicht doch. Das Armband war schuld, was sonst? Oder warum sonst würden ihre Gedanken immer wieder zu der Nacht mit Marcus wandern? Es war der plausibelste Grund.

Als sie in seinen Armen erwacht war, hatte sie bleiben wollen, aber zum Glück hatte ihr Gehirn die Führung ihres müden Körpers übernommen. Doch seit der Rückkehr in ihre Wohnung fühlte sie eine seltsame Leere. Es war für sie ungewöhnlich. Nach jedem Einbruch war sie in der Regel auf einem Adrenalinhoch, das Tage andauerte. Diesmal nicht.

Irgendetwas stimmte nicht.

Wie jeder Kriminelle mit Selbstachtung war sie abergläubisch. Die Tatsache, dass sie das Armband nicht abnehmen konnte, zusammen mit der Legende, die es umgab, machte sie unruhig. Sie hatte ein seltsames Gefühl, nicht vollständig zu sein, als ob etwas fehlte, wenn sie doch wusste, dass alles wie immer war.

Sie war mit dem Artefakt davongekommen, das sie stehlen wollte. Und trotz der Tatsache, dass sie ertappt worden war, war die Polizei bisher noch nicht hinter ihr her. Inzwischen würde Marcus natürlich die Polizei gerufen haben, aber mit etwas Glück würde sie außer Reichweite sein, bevor sie ihr auf den Fersen waren.

Sobald sie das Armband an ihren Käufer geliefert hatte, würde sie einpacken. Warum sollte sie warten, bis sie dreißig war, bevor sie in Rente ging? Jetzt war genauso gut wie später. Sie hatte bereits genügend Geld, von dem sie leben konnte, wenn sie sparsam war, und hatte vor Kurzem eine neue Bleibe außerhalb von Großbritannien gefunden. Alles war bereit.

Olivia schaltete den Fernseher ein, um die Nachrichten zu sehen. Es war möglich, dass sie schon eine Skizze von ihr hatten. Und wenn sie wusste, wie diese aussah, konnte sie sich so verkleiden, dass sie dieser nicht ähnlich sah.

Sie drehte die Lautstärke des Fernsehers hoch und ging zu ihrem Bücherregal, wo sie nach ihrem Lehrbuch über römische Kunst griff. Sie musste ihr Wissen über die Legende des Vestalin Armbands auffrischen. Vielleicht würde es erklären, wie man den verflixten Verschluss öffnete.

Als sie auf der Suche nach dem richtigen Abschnitt durch die Seiten blätterte, wanderten ihre Gedanken zurück zu Marcus. Es war schon eine Weile her, seit sie mit einem heißen Kerl wie ihm zusammen gewesen war. Ach, wem machte sie da was vor? Sie hatte noch nie mit einem so tollen Typen geschlafen.

Sicher, sie war mit interessanten und schönen Männern ausgegangen und hatte Sex mit einigen von ihnen gehabt, aber alle diese Männer erschienen im Vergleich zu ihm blass. Ihre Haut kribbelte, als sie an seine Berührung dachte, und ihr Magen verknüpfte sich in kleine Knoten, als sie seine leidenschaftlichen Küsse nochmals durchlebte.

Sie wagte nicht einmal, daran zu denken, als er in ihr war, oder … Da war es: Hitzewallungen! Super. Ausgezeichnet. Dumm.

Beherrsche dich!

Marcus war nur ein Kerl, mit dem sie geschlafen hatte, sonst nichts. Er war nicht ihr erster One-Night-Stand, und er würde nicht ihr letzter sein.

Sie las das Kapitel über das Vestalin Armband mehrmals: wie es einer der Vestalinnen am Ende ihres Dienstes von dreißig Jahren geschenkt worden war. Sie war immer noch eine schöne Frau, selbst im Alter von vierzig, und der Mann, der es ihr gegeben hatte, war seit zwanzig Jahren in sie verliebt.

Damit seine Liebe erwidert wurde, ließ der Mann das Armband verzaubern. Der Zauber sorgte dafür, dass der Mann, der der Frau das Armband anlegte, von ihr so geliebt wurde, wie er sie liebte. Die Legende behauptete, dass sobald das Armband am Arm der Frau befestigt war, der Mann der Einzige war, der es ihr wieder abnehmen konnte.

Verdammte Scheiße!

Das war unmöglich. Magie existierte nicht, und es musste eine andere Erklärung geben, warum das Ding nicht aufging. Vielleicht war es kaputt.

Zum Glück kannte sie jemanden, der jedes Schloss öffnen konnte: ihr Cousin Ray.

Und er war vor drei Wochen aus dem Gefängnis entlassen worden.

Sie wählte seine Handynummer und hörte seine raue Stimme einen Moment später.

„Hey, Oli."

„Ray, willst du auf eine Tasse Tee vorbeikommen?" Es war ihr persönlicher Code, dem Anderen mitzuteilen, dass etwas nicht in Ordnung war.

„Klar. Earl Grey oder English Breakfast?"

„Earl Grey." Das bedeutete, dass es dringend war.

„Bis gleich."

Sie wusste, dass er auf Bewährung war, aber sie brauchte ihn, und sie hatten sich stets gegenseitig geholfen. Jetzt war er dran, ihr aus der Patsche zu helfen.

10

Ray brachte seine gesamte Werkzeugtasche mit und ging an die Arbeit, als er die missliche Lage sah, in der Olivia sich befand.

„Kein Problem", behauptete er.

Eine halbe Stunde später war die Spange seinen Versuchen, sie zu öffnen, immer noch nicht erlegen.

„Keine Sorge, Oli, wir schaffen es schon." Seine Stimme klang jedoch weniger überzeugt als zu dem Zeitpunkt, als er angefangen hatte.

Olivia warf ihm einen hoffnungsvollen

Blick zu. Wenn er das Armband nicht aufbekommen konnte, dann konnte es niemand. Sie wusste, er war der Beste. Und je früher er es schaffte, desto besser.

Mit jeder Stunde, die verging, schlichen sich immer mehr Gedanken in ihren Verstand, zu Marcus zurückzukehren, zurück in sein Bett. Es war natürlich lächerlich. Sie würde nicht zu dem Mann zurückgehen, von dem sie ein unbezahlbares Artefakt gestohlen hatte. Was war sie, selbstmörderisch? Oder einfach nur dumm?

Er hatte bestimmt schon die Bullen auf sie gehetzt, egal, was er ihr in der Nacht zuvor versprochen hatte. Aber es war seltsam, dass die Fernsehnachrichten den Diebstahl immer noch nicht berichtet hatten.

Sein Versprechen, er würde die Polizei nicht einschalten, war wahrscheinlich totaler Schrott. Leider half dieses Wissen auch nicht, die Gedanken, zu ihm zurückzukehren, aus ihrem Gehirn zu verbannen, wo sie hoffentlich verrotteten und einen stillen Tod starben.

Die Sehnsucht nach seiner Berührung war

unerträglich, und sie wusste, sie hatte so etwas noch nie für einen anderen Menschen empfunden.

Nur für Marcus.

Das Armband war daran schuld, sie war sich sicher. Deshalb musste sie es loswerden. Dann würde ihre Sehnsucht nach ihm verschwinden.

Das musste es.

„Und?", drängte sie ihren Cousin.

Ray schüttelte den Kopf und schenkte ihr einen resignierten Blick. „Tut mir leid, meine Liebe, aber ich kann es nicht öffnen, ohne es zu zerstören. Und ich bin sicher, das willst du nicht. Das wird deinem Kunden nicht gefallen."

Olivia drängte eine Träne zurück. Das war nicht das, was sie hören wollte.

„Bitte kannst du nicht irgendetwas tun?"

„Wenn die Legende wahr ist, dann gibt es nur einen Weg, um den Verschluss zu öffnen."

„Nein!"

„Da bist du wirklich in einem Schlamassel gelandet. Ich wünschte, ich könnte dir helfen." Sein Gesichtsausdruck versicherte ihr, dass er es ernst meinte und wie sehr es ihm leid tat, dass er nicht in der Lage war, ihr zu helfen.

„Ich muss mir was überlegen", sagte sie.

Er erhob sich und räumte seine Werkzeuge zusammen. „Du weißt, wo du mich erreichen kannst. Tschüss."

„Tschüss, Ray, und vielen Dank für den Versuch." Sie war niedergeschlagen.

Sie brauchte ein wenig Ruhe, und sie musste nachdenken. Es musste einen anderen Weg geben. Jede Minute, die dieses Armband an ihrem Arm war, fühlte sie ihre Sehnsucht nach Marcus ansteigen. Sie mochte das Gefühl nicht. Sie fühlte sich verletzlich.

Sie war eine unabhängige Frau. Sie brauchte keinen Mann.

Die ganze Nacht lang wurde sie von erotischen Träumen geplagt, in denen Marcus und sie die Hauptrollen spielten. Sie wachte erschöpft auf und war genauso klug wie zuvor. Es wurde immer schlimmer.

Beim Frühstück kritzelte sie geistesabwesend auf ihren Notizblock, und als sie darauf blickte, sah sie, dass sie Olivia Moncrieff geschrieben hatte. Das war *sein* Nachname.

Verdammt noch mal? Wie alt war sie? Dreizehn? Das musste aufhören!

11

Marcus wollte seinen Kopf gegen die Wand schlagen. Seine Suche hatte nichts ergeben. Thomas war noch immer dabei, sich durch die letzten Akten und Fotos der ehemaligen Studenten des Birkbeck Colleges zu arbeiten. Marcus stellte bereits eine Liste von Universitäten und Hochschulen im Rest von England sowie Schottland zusammen.

Er hatte in der Nacht zuvor kaum geschlafen. Wie konnte er auch? Olivias Duft war immer noch in seinen Laken, und jedes Mal wenn dieser in seine Nase trieb, bekam er einen Ständer. Es war pure Folter, so sehr, dass er den Rest der Nacht auf dem Sofa im Wohnzimmer verbracht hatte.

Er zog sogar in Betracht, die Polizei einzuschalten, deren Ressourcen besser waren als seine. Sie konnten sie für ihn finden, aber wie würde er ihr dann wieder aus der Klemme helfen? Er wollte nicht, dass sie im Gefängnis landete, und was, wenn die Polizei sie mit anderen Diebstählen in Verbindung bringen konnte? Selbst wenn er dann seine Anklage zurückzog, würden sie sie trotzdem verhaften. Nein, es war zu riskant. Er musste Olivia selbst finden.

Er hatte sich noch nicht einmal rasiert und trug nur eine Jeans und ein T-Shirt, als das Telefon klingelte.

„Moncrieff."

Es war Thomas. „Ich habe ihren Namen."

Erleichterung durchströmte ihn. „Gott sei Dank."

„Sie heißt Olivia Hall. Sie graduierte vor sechs Jahren mit einem BA in Kunstgeschichte. Sah damals genauso niedlich aus wie jetzt", kommentierte Thomas.

„Danke, Thomas."

Olivia. Sie hatte ihm also ihren richtigen Namen gesagt.

„Willst du ihre Adresse?"

Er wusste, dass Thomas grinste, auch wenn er sein Gesicht nicht sehen konnte.

„Du hast ihre Adresse?"

„Hast du was zu schreiben?"

Ein paar Sekunden später hatte Marcus ihre Adresse aufgeschrieben und den Anruf beendet. Sie lebte in der Londoner Innenstadt. Es würde weniger als zwanzig Minuten dauern, zu ihrer Wohnung zu gelangen.

Er musste sich rasieren, dann umziehen, dann–

Die Türklingel unterbrach seine übereilten Pläne. Er war in der Stimmung, das Klingeln zu ignorieren, da er keine Minute verlieren wollte. Aber das ungeduldige wiederholte Klingeln brachte ihn dazu, sich zur Tür umzudrehen.

Er riss sie auf und erstarrte.

Verdammt noch mal!

„Du musst mir dieses verflixte Armband

abnehmen", forderte Olivia mit genervter Stimme, als sie an ihm vorbei ins Haus fegte.

„Gleichfalls schön, dich zu sehen", antwortete er, als er die Eingangstür hinter ihr ins Schloss fallen ließ und ihr in das offene Wohnzimmer folgte. Zwar hatte er seinen Gruß sarkastisch gemeint, aber er entsprach tatsächlich der Wahrheit. Es war schön, sie zu sehen.

Sein Schwanz erwachte beim Anblick ihrer üppigen Kurven.

„Nimm's mir sofort ab!" Ihr Gesicht war gerötet, ihr ganzer Körper angespannt, als sie sich ihm zuwandte. Ihre Augen waren bittend, ihre Lippen genauso rot wie zuvor, als sie in seinem Bett gewesen war.

„Bist du deshalb zurückgekommen?"

Er versuchte ruhig zu klingen, wollte nicht den Sturm, der in ihm wütete, preisgeben. In wenigen Minuten würde er sie über seine Schulter werfen und nach oben tragen, um sie zurück in sein Bett zu bringen. Dann würde er sie dafür bestrafen, dass sie ihm davongelaufen war.

„Du hättest nicht mit der Legende

rumspielen sollen, du Idiot! Du hättest mir das Armband nie anlegen sollen", keifte Olivia.

„Abergläubischer Kram. Ich kann nicht glauben, dass du an so was Idiotisches glaubst."

„Ach wirklich?", antwortete sie. „Warum kann ich es dann nicht abnehmen?"

Er zuckte mit den Schultern. „Man braucht zwei Hände, um den Verschluss zu öffnen."

Ungeduldig unterbrach sie ihn. „Ich habe jemand Anderen um Hilfe gebeten, es mir abzunehmen. Aber es ließ sich nicht öffnen. Und weißt du warum? Weil die Legende sagt, dass nur der Mann, der es angelegt hat, es wieder abnehmen kann."

„Lächerlich."

„Wirklich? Glaubst du, es ist auch lächerlich, dass ich nicht aufhören kann, an dich zu denken? Dass ich zurückgekommen bin, weil ich nicht von dir wegbleiben konnte? Glaubst du, das ist normal? Alles, woran ich denken kann, ist, wieder mit dir ins Bett zu gehen."

Marcus gefiel, was sie sagte. Sie wollte

ihn. Ja! Sie war wieder zurückgekommen, obwohl sie das Armband gestohlen hatte.

Er machte zwei Schritte auf sie zu. „Das kann ich einrichten."

„Stopp!" Sie hielt ihre Hand vor sich, um ihn daran zu hindern, näherzukommen. „Fass mich nicht an. Kapierst du's denn nicht? Der einzige Grund, warum ich mich so fühle, ist wegen der Magie des Armbands."

„Das ist unmöglich, und du weißt es auch. Warum kannst du nicht einfach akzeptieren, dass du mich attraktiv findest? Das ist doch in Ordnung."

Er erinnerte sich, wie sie ihn in jener Nacht angesehen hatte, als er nackt vor ihr gestanden war. Ohne Zweifel hatte ihr gefallen, was sie gesehen hatte.

„Nichts ist in Ordnung. Ich verliebe mich nicht Hals über Kopf in jemanden. Das ist unnatürlich. Es ist das Armband, das das bewirkt. Du musst es mir abnehmen."

Hals über Kopf? Das gefiel ihm noch viel besser.

„Warum sollte ich? Ich habe dich gesucht."

„Du hast mich gesucht? Meinst du nicht eher, die Polizei hat mich gesucht?"

Er schüttelte den Kopf und erwarb sich dadurch einen ungläubigen Blick von Olivia.

„Du hast nicht die Bullen auf mich gejagt? Warum nicht? Ich habe das Armband gestohlen."

„Ich konnte es nicht tun. Ich hab's dir doch versprochen. Und außerdem möchte ich nicht, dass du ins Gefängnis gehst. Viel lieber möchte ich, dass du wieder in mein Bett kommst." Mit einem heiseren Ton in seiner Stimme versuchte Marcus sie dazu zu bringen, zuzugeben, dass sie ihn auch wollte.

Olivia stemmte ihre Hände in die Hüften. „Siehst du, das ist genau das, wovon ich rede. Du reagierst völlig unangemessen auf diese Situation. Es ist das Armband, das mit deinem Verstand verrückt spielt. Wir müssen es rückgängig machen."

Sie streckte ihren Arm aus und schob den Ärmel ihres Pullovers hoch, bis das Armband auf ihrem Bizeps zu sehen war. „Mach's runter!" Nach einer Sekunde fügte sie hinzu: „Bitte."

12

Plötzlich stand Marcus zu nahe, seine imposante Figur nur wenige Zentimeter von ihr entfernt, nahe genug, ihn zu berühren. Olivia roch seinen männlichen Duft, kein Aftershave. Er roch genauso berauschend wie in der Nacht, als sie mit ihm geschlafen hatte.

Ihre Brustwarzen verhärteten sich, und sie verfluchte ihren verräterischen Körper.

„Ich habe nicht aufgehört, an dich zu denken", flüsterte er dicht an ihrem Ohr.

„Es ist wegen des Armbands. Es geht weg, wenn du es mir abnimmst. Bitte." Sie hatte ihre Stimme gesenkt und bettelte nun. Sie musste ihn überzeugen. Nichts Gutes konnte sich aus dieser erzwungenen Anziehung zueinander entwickeln.

„Ich will nicht, dass es weggeht", gestand er, und sie spürte seinen Atem an ihrem Hals.

Olivia schüttelte den Kopf. „Das ist nichts Echtes, glaub mir."

„Es ist echt."

Er berührte ihre Wange und streichelte sanft darüber. Ein Schauer lief ihr über den Rücken, während sich eine Flamme in ihrem Bauch entzündete.

Mühelos zog er ihr Gesicht zu sich. In Zeitlupe senkten sich seine Lippen auf ihre. Sekunden später verlor sie jeglichen vernünftigen Gedanken und reagierte auf seinen Kuss. Ihre Lippen öffneten sich und luden ihn ein. Seine Arme zogen sie näher, und sie hatte nicht die Kraft, ihn wegzustoßen.

Noch den Wunsch danach.

Marcus drückte seine Hüften gegen sie und machte sie auf seine Erektion aufmerksam. Sie atmete schwer, und er ließ von ihren Lippen ab.

„Spürst du nicht, was du mir antust?"

„Wir müssen damit aufhören", bat sie ohne Überzeugung.

„Kann ich nicht. Ich will dich, jetzt."

„Ich bin eine Diebin."

„Das ist mir egal."

Er zog sie in seine Arme und trug sie in Richtung Treppe.

„Was machst du?"

„Ich nehme dich mit in mein Bett."

Sie sträubte sich in seinen Armen. „Nimm mir das Armband ab."

Er schaute in ihr entschlossenes Gesicht.

„Ich meine es ernst. Nimm es mir ab. Jetzt sofort. Wenn du mich dann immer noch willst, dann gehe ich mit dir ins Bett. Aber nimm es mir zuerst ab."

Olivia zählte darauf, dass die Magie des Armbands sich sofort auflösen und sie davor retten würde, wieder mit ihm im Bett zu landen. Nicht dass sie nicht mit ihm zusammen sein wollte, aber sie wusste, wenn sie ihn noch einmal in sich hineinließ, würde er ihr das Herz brechen, wenn er endlich zur Besinnung kam und erkannte, wie unmöglich eine Beziehung zwischen ihnen war.

Er warf ihr einen langen Blick zu, dann stellte er sie wieder auf die Füße.

„Einverstanden."

Mit beiden Händen berührte er den Verschluss und drückte leicht. Er sprang sofort auf.

„Hier. Es ist offen." Er nahm es von ihrem Arm und legte es in ihre Hände. „Also lass uns jetzt ins Bett gehen."

„Heißt das, du fühlst dich nicht wieder normal?", fragte sie neugierig.

„Nein. Du?"

Olivia schüttelte den Kopf. Ihr Hunger nach ihm war immer noch so unersättlich wie zuvor. „Vielleicht dauert es eine Weile, bis die Wirkung nachlässt."

„Dann sollten wir besser keine Zeit verlieren, sonst ..." Er schenkte ihr einen sündhaften Blick und versuchte, sie wieder in seine Arme zu heben.

Rasch wich sie vor ihm zurück.

„Wir sollten warten, bis es nachlässt."

Sie versuchte, an ihm vorbeizuhuschen,

aber er versperrte ihr den Weg. Der einzige Weg an ihm vorbei war die Treppe hinauf in sein Schlafzimmer. Aber dorthin wollte sie auf keinen Fall gehen. Nein, sie war sich sicher, dass sie sich beide in ein paar Minuten wieder normal fühlen würden, und dann würde dieses Begehren füreinander verschwunden sein.

„Ich bin immer noch so hart für dich wie vor einer Minute. Ich sage dir, die Legende ist nicht wahr. Du und ich, das ist echt."

Marcus ging auf sie zu und zog sie zurück in seine Arme. „Kämpfe nicht dagegen an. Du willst das genauso sehr wie ich."

Olivia wusste, er hatte recht. Sie wollte ihn, aber sie war sich sicher, dass es an der Legende lag. Es war unmöglich zu fühlen, was sie für Marcus fühlte. Sie kannte ihn doch gar nicht, hatte ihn erst vor ein paar Tagen kennengelernt und hatte im Grunde nichts mit ihm gemein.

Doch wenn er sie ansah, wenn sie seine Berührung auf ihrer Haut fühlte, seine Lippen auf ihren, wusste sie, dass alles perfekt war. Er war perfekt. Perfekt für sie. Die Leere, die sie in ihrer Wohnung gespürt hatte, war wie weggeblasen.

Doch was sie jetzt fühlte, würde sich bald wieder legen. Der Zauber des Armbands würde verfliegen. Vielleicht konnte sie sich erlauben, ihn noch ein letztes Mal zu spüren. Nur noch einmal. Danach würde sein Verlangen nach ihr auch verschwunden sein.

„Nur noch einmal. Danach trennen sich unsere Wege. Du lässt mich gehen." Sie war verrückt, ihm dies anzubieten, doch gleichzeitig wartete sie auf sein Versprechen.

„Ich bin nicht sicher, ob ich das tun kann", wich er ihrer Forderung aus.

„Bitte, du musst es mir versprechen."

Sekunden tickten weg, als er ihre Bitte abwägte. „Okay. Aber du gibst mir vierundzwanzig Stunden, und wenn du dann immer noch gehen willst, kannst du das tun. Aber ich werde nicht versprechen, dass ich nicht versuchen werde, dich davon zu überzeugen, zu mir zurückzukommen."

Marcus bot ihr seine Hand an, um sie nach oben zu führen. Als sie auf halbem Weg auf der Treppe waren, klingelte es an der Tür. Sie hielt inne.

„Ignoriere es", sagte er und ging weiter.

„Was, wenn es wichtig ist?"

Das brennende Verlangen in seinen Augen sprach Bände. „Du bist wichtig."

Es klingelte nochmals. Dieses Mal wurde es von lautem Klopfen und einer eindringlichen männlichen Stimme begleitet. „Mr. Moncrieff? Simon Hammerlein von Christie's. Mr. Moncrieff?"

Ein überraschter Blick huschte über Marcus' Gesicht. „Ich glaube, ich sollte sehen, was er will."

Als Marcus die Tür öffnete, erkannte Olivia den Mann, der draußen stand. Sie hatte ihn im Auktionshaus gesehen und wusste, er war einer der Angestellten. Neben ihm stand ein Mann, der ihr fremd war.

„Es tut mir leid, Sie zu stören, Mr. Moncrieff. Es gab jedoch ein Problem. Hmm ..." Er schien übertrieben nervös zu sein.

„Dies ist Inspektor Chadwick von Scotland Yard."

Der Inspektor zeigte seinen Ausweis.

Olivias Herz hörte auf zu schlagen. Hatte er trotz allem die Polizei angerufen? Enttäuschung überkam sie. So wenig war also sein Wort wert.

„Könnten wir privat mit Ihnen sprechen?"

„Worum geht es?" Marcus' Stimme klang plötzlich knapp.

„Um das Artefakt, das Sie auf der Versteigerung erworben haben. Es gab einen Diebstahl."

Marcus warf einen Blick über seine Schulter, wo Olivia am Fuße der Treppe stand, das Armband in der Hand. Sie zwang sich, ruhig zu bleiben.

„Es gab keinen Diebstahl. Wie Sie sehen, hat meine Freundin es gerade."

Die beiden Männer sahen an ihm vorbei und nickten, als sie sie mit dem Artefakt in ihrer Hand erblickten. Sie versuchte, ihre zitternden Hände zu stabilisieren, in der Hoffnung, dass die beiden ihre Angst nicht bemerkten.

„Leider hat der Diebstahl *vor* der Auktion

stattgefunden", erklärte der Inspektor. „Das hier ist eine Fälschung."

Marcus bedeutete den beiden Männern einzutreten. Sie begaben sich ins Foyer.

„Eine Fälschung?", echote Olivia und trat auf sie zu.

Marcus legte seinen Arm um ihre Taille. Seine Berührung war beruhigend, ebenso wie die Gewissheit, dass er nicht die Polizei gerufen hatte, da er über deren Auftauchen genauso überrascht war wie sie.

„Können Sie das vielleicht etwas näher erklären?", fragte Marcus den Inspektor.

„Wir haben einen Mitarbeiter des Auktionshauses festgenommen", erläuterte Inspektor Chadwick, während Hammerlein peinlich dreinschaute. „Der Mitarbeiter versuchte, das Stück aus dem Lande zu schmuggeln, ohne Zweifel, um es an einen ausländischen Sammler zu verkaufen."

„Woher wollen Sie wissen, dass seins das Echte war, und dies hier eine Fälschung ist?"

Marcus' Hand um Olivias Taille drückte sie näher an ihn, als ob er ihr Unbehagen angesichts des Polizisten spürte. Mit dem Daumen streichelte er sie zärtlich.

„Er gestand, und wir fanden den Arbeitsschuppen, wo er die Kopie erstellt hat. Wir werden natürlich beide Stücke testen lassen, um sicherzugehen. Daher müssen wir leider jetzt Ihr Artefakt beschlagnahmen."

„Baby, gib mal dem Inspektor das Armband."

Sie war unfähig, sich zu bewegen. So nahm Marcus das Armband aus ihrer Hand und reichte es dem Inspektor.

„Es tut mir sehr leid, Madam, Sir", entschuldigte sich Mr. Hammerlein. „Das Auktionshaus wird natürlich sicherstellen, dass Sie das wahre Armband, wenn die Untersuchung abgeschlossen ist, wieder erhalten. In der Zwischenzeit wird Ihr Geld in einem zinstragenden Konto zu Ihrem Nutzen gehalten. Darf ich im Namen von Christie's sagen, dass wir schockiert sind und -"

Marcus winkte ab. „Ich bin sicher, Sie werden es in Ordnung bringen."

Dann schaute er Olivia an, und ein breites Lächeln breitete sich über sein Gesicht aus.

Die Offenbarung, dass er eine Fälschung gekauft hatte, schien ihn vollkommen kalt zu lassen.

„Meine Herren, wenn Sie uns entschuldigen würden. Meine Freundin und ich haben Pläne ..."

Die Art, wie er Freundin und Pläne in einem Satz sagte, zusammen mit der Art, wie seine Augen sie verschlangen, machte ihr klar, was er wollte.

„Natürlich", stammelte Hammerlein.

Nach dem Austausch von Visitenkarten und einer Quittung für das gefälschte Armband waren sie allein.

Vergessen war das Armband, ersetzt durch das Wissen, dass die Fälschung keinerlei Legende oder Magie besaß.

Es war schlimmer, als sie gedacht hatte. Wenn es keine Magie oder Legende gab, was hatte sie dann dazu bewegt, wieder zu Marcus zurückzukehren, zu dem Mann, den sie bestohlen hatte? Was auch immer es war, sie hatte nicht die Absicht, es herauszufinden.

„Ich muss gehen", sagte Olivia hastig und

eilte an ihm vorbei zur Tür.

Er packte sie am Arm und zog sie zurück. „Du gehst gar nirgends hin, meine Liebe."

Ihre Lippen zitterten. Verdammt! „Aber –"

„Lass uns reden."

„Wir haben nichts zu reden."

Marcus stupste sie, bis ihr Rücken die Wand hinter ihr berührte. Mit seinen Armen zu beiden Seiten ihres Körpers gegen die Wand abgestützt, überragte er sie.

„Oh, wir haben viel zu diskutieren. Außerdem schuldest du mir was. Du hast unser Abkommen nicht eingehalten."

„Habe ich doch! Wir hatten Sex im Austausch dafür, dass du mich nicht der Polizei übergibst."

Er schüttelte den Kopf. „Das war für den ersten Verstoß: Einbruch. Aber dann bist du mit dem Artefakt verschwunden. Das ist ein zweites Vergehen."

Ihr Atem stockte.

Langsam bildete sich ein Lächeln um seine Lippen. „Das ist richtig. Jetzt musst du für den Diebstahl des Armbands bezahlen."

„Aber das war doch eine Fälschung!",

protestierte sie. „Der Typ von Christie's hat das doch gerade vor einer Minute gesagt."

„Ja, aber das wusstest du doch in jener Nacht nicht. In jedem Fall ist es immer noch Diebstahl."

Marcus rückte näher, presste seinen Körper gegen sie. Seine Augen waren dunkel, seine Lippen halb offen. Als sein Atem über ihr Gesicht geisterte, inhalierte sie seinen berauschenden Duft. Es erinnerte sie an die Nacht, die sie in seinen Armen verbracht hatte. Gegen ihr besseres Wissen neigte sie ihren Kopf näher zu ihm, um ihn einzuladen.

„Was willst du diesmal?", hauchte sie, zugleich wissend, dass es dumm war, nachzugeben. Dennoch konnte sie nicht dem erotischen Drang, den er ausübte, widerstehen.

„Jetzt sprichst du meine Sprache." Seine Lippen streiften leicht über ihren Mund, dann entlang ihrem Kiefer nach unten zu ihrem Hals.

Ihr Körper fing unter seiner Berührung an zu kribbeln und ihre Brustwarzen verhärteten sich unfreiwillig.

„Ich habe gemocht, wie du mich in der Nacht gelutscht hast. Vielleicht fangen wir erst einmal damit an ..."

„Anfangen?", murmelte sie, während ihr bei dem Gedanken, ihn nochmals zu lecken, schon das Wasser im Mund zusammenlief.

„Ja", antwortete er und streichelte seine Hand über ihren Oberkörper, umfasste dann ihre Brust. „Da du dieses Mal eine ganze Woche in meinem Bett verbringen wirst, dachte ich mir, wir lassen es langsam angehen."

Eine ganze Woche? Hatte er vor, sie umzubringen? Sie würde eine Woche in seinem Bett nie überleben. Er würde sie in eine Sex-Süchtige verwandeln. „Das kann doch nicht dein Ernst sein."

Er drückte seine wachsende Erektion gegen ihren Bauch. „Oh, das ist mir todernst. Diebstahl ist ein schweres Vergehen. Du hast doch nicht gedacht, du würdest mit einem Klaps auf den Po davonkommen?" Er schnalzte mit der Zunge.

„Aber eine Woche ..."

„Ist nicht annähernd genug Strafe, ich

weiß." Marcus grinste. „Aber da du ja vermutlich sowieso irgendwann gegen meine Wünsche verstößt, muss ich sowieso zusätzliche Strafen für diese Regelverstöße hinzufügen. Eine Woche könnte sich leicht in zwei verwandeln."

Olivia unterdrückte den Drang, sich zu fächeln. „Oder drei …"

„Das ist richtig. Außerdem gibt's bei jedem Fluchtversuch automatisch eine extra Woche."

„Oh", flüsterte sie. „Ich nehme an, das bedeutet, ich muss alles tun, was du willst." Warum klang das alles plötzlich so aufregend?

Langsam schob sie ihre Hand auf seinen Hintern und drückte ihn näher an sich. Als ihm ein Stöhnen entkam, lächelte sie innerlich. Vielleicht dachte er, dass er hier die Oberhand hatte, aber sie konnte ganz leicht den Spieß umdrehen.

„Das ist richtig."

„Das wird Spaß machen."

Marcus lachte. „Oh, damit rechne ich."

Dann senkte er seine Lippen auf ihre und

ertränkte sie in einem leidenschaftlichen Kuss, der sie alles vergessen ließ. Eine Woche lang würde sie sich dieser verrückten Sache hingeben, aber dann musste sie wieder in die Realität zurückkehren.

„Oh, und Olivia?"

„Ja?"

„Versuch's erst gar nicht, noch was Anderes von mir zu stehlen."

Olivia lächelte ihn an. Wenn das nicht eine Idee für später war ...

Über die Autorin

Tina Folsom ist gebürtige Deutsche und lebt schon seit über 25 Jahren im englischsprachigen Ausland, seit 2001 in Kalifornien, wo sie mit einem Amerikaner verheiratet ist.

Mittlerweile hat sie 50 Bücher in Englisch sowie Dutzende in anderen Sprachen herausgegeben.

https://tinawritesromance.com/deutscheleser/
tina@tinawritesromance.com

facebook.com/TinaFolsomFans
instagram.com/authortinafolsom
youtube.com/TinaFolsomAuthor

www.ingramcontent.com/pod-product-compliance
Lightning Source LLC
LaVergne TN
LVHW040155080526
838202LV00042B/3168